救了遇到痴漢的S級美少女才發現是鄰座的青梅竹馬

謙之字

Illustrations Fly

1 熟悉的景色，陌生的少女

開學典禮當天早上。

我像平常那樣搭上載滿乘客的電車一路搖晃到學校。

正當新學年的第一天早晨就陷入憂鬱的心情時，我突然發現附近的乘客就是跟我同學年的女生。

她好像為了避免被旁人打擾般，將手機湊近到臉前不知在滑些什麼。

從我的位置看不清楚她的長相，但身材苗條加上長髮飄逸，不自覺就會把她想像成很可愛的女孩。

在那女生四周，有看似大學生的青年以及應該是粉領族的大姊，另外就是一名男性上班族。

由於每天早上都搭同一班電車上學，這些臉孔我都很眼熟了，然而那個貌似上班族的男子卻不同，是個陌生的傢伙。

最近誣陷他人為電車痴漢的新聞在媒體與社群網站上鬧得沸沸揚揚，所以電車上的男性……尤其是那群上班族，大多都將公事包放在行李網架上，雙手同時抓住吊環。

……不過，這個男的卻不是這樣。他只用單手抓吊環，另一隻手不知道放在哪邊。

從剛才就在滑手機的少女，手指頓時停住了。

新生活、新學期、新學年，在充滿嶄新事物的四月，總不會，發生那種事吧……

不知為何總覺得女孩的反應怪怪的，當我提高警覺仔細觀察她時，發現少女手中的手機正發出輕微的抖動。光是電車搖晃的話，不可能震成那樣。難不成是她的手在發抖嗎……？

比我距離她更近的那個大學生，你沒發現上班族還有那女孩的模樣，總有種說不出的怪異嗎？

或者那位粉領族要是能注意就好了……不行啊，大家都盯著自己的手機螢幕。

「……請……手……」

——剛才，好像隱約聽到了微弱的說話聲，是那個女孩發出的。

只有我聽見嗎？總不會只有我聽到吧？

附近的人們大多都戴耳機。像那樣子，根本不可能聽到任何說話聲吧。

如果是我聽錯就好了。

「對不起，對不起，借過一下──」

我勉強在滿載的電車中移動。有人用可怕的眼神狠狠瞪著我，還有人感覺很困擾地蹙起眉。

彷彿要將那名少女擋在自己背後般，我強行插入她跟那名上班族男性之間。

剛才從女生口中冒出的話，該不會就是「請住手」吧。

對完全陌生的路人，而且還是一名成年人，突然說出那種話的膽量，就連我也沒有。

不過，在莫名忍耐著什麼而發抖，並表現出抗拒意志的這名少女面前，就算是膽小如鼠的我，看向上班族的眼神也變得銳利幾分。

那是個四十多歲、戴眼鏡，外表看起來很嚴肅的大叔。

我對那傢伙投以帶有敵意的一瞪後，大叔好像很膽怯地把眼睛別開了。

即將抵達～──車掌的廣播聲這時響起。

「怎、怎麼了，幹麼瞪我──」

「那個，請住手。」

光是我這個毫無關聯的局外人要發出制止聲，都需要一點膽量了。一想到此，就覺得先前那女孩發出的抗拒聲，鐵定得鼓起莫大的勇氣吧，這是顯而易見的。

嘎噹叩咚──有什麼騷動聲傳來，看來是我的發言被周遭的人聽見了。

「耶——什麼，有色狼？」

啊，感覺大家好像誤以為是我被騷擾了!?

「是我的朋友被騷擾。她、她最討厭色狼了。」

我焦急地指著自己背後的方向，宛如順便對周遭說明般向大叔喊道。

既然我跟女孩是同校的學生，隨口說我們認識應該也無妨吧。

儘管我根本沒看清楚她的臉，也不知道她是誰。

「唔哇，色狼？真噁……」

「當色狼的變態，最差勁了。」

大叔被眾人白眼對待，一副驚惶失措的模樣。

「對一個高中男生，大叔竟然上下其手……」

受害者不是我啊啊啊啊！

「男人騷擾男人是什麼鬼啊……快轉傳出去。」

別把這種錯誤的資訊到處散播啊！

不過，等會該怎麼辦才好……

把這傢伙逮住，送到警察面前說就是這個人，這樣就好了嗎？真的沒問題嗎？

我想著想著電車就到站了，車上的旅客彷彿水庫洩洪般蜂擁而出。

……哎呀？大叔不見了？

不知何時他混入洶湧的人潮中，趁亂下了電車。

「站、站住——」

雖然我沒義務做到這種程度，但頭都洗了一半了。

由於月臺上也是滿滿的乘客，要追上大叔是件非常容易的事。

我死命揪住大叔的手腕。

在掀起騷動後，我對趕來處理的站員說明事情原委，並將大叔交給對方。

「幹得好啊，少年。等等……那個女孩呢？」

那、那名少女不見了。好像還在剛才那班電車上沒下來吧。

算了，也罷。

要是被叫去一五一十地說明事件經過，她想必也受不了。

於是我代替她，僅在我所知的範圍內進行解釋。

時間已過了八點，新學期一開始我就馬上遲到了。

平常只要花廿分鐘左右就能抵達學校，但因為去說明案情足足花了四倍的時間才到。

確認過張貼在正門樓梯口的班級分配表後，我將運動鞋塞入鞋櫃。

因為只有我的那格是空著的，所以一下就找到了。

開學典禮好像已經結束了，我漫步在走廊上時，視野所及的教室都在進行導師時間。

找到新學年的B班教室後，我偷偷摸摸自後門溜進去。

班級的女導師，是去年我一年級時負責教英語的若田部老師。正當她在向同學們打招呼、希望接下來一年好好相處時。

「高森諒，我已經看到你了不必再躲躲藏藏——」

導師冷不防對我冒出一句。

「啊，是……」

眾人的視線都集中過來，還傳出了咯咯咯的竊笑聲。

站員有說過會通知學校我遲到的原因，看來那是真的。

因為老師並沒有為了遲到而責備我。

我找到空著的座位後立刻坐下。

真受不了啊，到此終於可以喘口氣了。

我望向隔壁的座位，那是伏見姬奈。

「又是妳嗎？」

我這麼低聲咕噥一句。

伏見跟我從幼稚園就同校了，也就是所謂的青梅竹馬。雖說是「青梅竹馬」，但我們並不算熟，總之我從很久以前就知道她這個人，班級也往往被分在一塊。

每次新學期開始，我們總是經常坐得很近。而坐在隔壁的次數，這應該是第五次了吧。

打從中學時代左右，我跟伏見就漸漸變得無話可談，如今我們的交情並不算好，當然也不算差。

我偷偷瞥了一眼她正盯著前方老師的側臉。

雪白的肌膚，微微透出一點紅潤的臉頰。塗了護唇膏的溼潤薄唇。長長的睫毛每當眨眼就會上下擺動。

纖細的雙腿套上過膝長襪。長度恰到好處的制服百褶裙。小巧可愛的手與纖纖玉指。平滑光亮的指甲。

不知為什麼，「可愛」與「美麗」的成分似乎在伏見身上日益增加。

對於從小時候就認識她的我而言，這種感覺簡直就像在近距離下親眼目睹一件藝術品傑作逐漸完成般。

我對老師的談話漫不經心，一邊恍神地想著這些事的同時，伏見拿出了筆，不知在小筆記本上寫起了什麼。

她把小筆記本翻到我能看見的角度。

『剛才謝謝你。』

……結果，小筆記本上寫了這行字。

剛才？

我唯一想到的，就是在電車上遭遇的事。

所以說，那名少女就是伏見囉。

為什麼她會認出是我？我當初明明是背對那個可能是伏見的女孩才對。

我迅速瞥了她一眼，結果我們四目相交。

「啊，那個，是靠聲音跟照片。」

伏見在桌子底下滑著手機。她對我展示當時用自拍技巧所拍下的照片。

啊啊，照片照到了我跟那個大叔。

「妳沒事吧？」

我這麼問道，伏見好像很困窘地露出了尷尬的一笑。

不，怎麼可能沒事嘛。畢竟被色狼騷擾了。

「制服好像被摸到了，不過對方並沒有更進一步。」

我暗地裡鬆了口氣。

那真是太好了。

倘若當初我沒發現，或是無視那種不自然的氣氛而假裝沒看見的話，被害程度就可能進一步擴大。

「謝謝你救了我，我很高興。」

「既然妳沒事的話就好……」

「小諒，你就像是正義的使者呢。」

她上次用這種稱呼方式，還是我們小學的時候。

被她再次這麼一叫，我總覺得很不好意思……

「我們彼此都忘了今天發生的事吧。」

我這麼說完，伏見彷彿很羞赧地露出笑容，搖搖頭回了句「已經忘不了了」。

我原本就不是什麼滿懷正義感的人，今天的事她就算當作沒發生也無妨。我想伏見也會因為厭惡而想趕快淡忘才對吧……但為什麼？

我還搞不清楚是怎麼回事，伏見臉上就浮現連女神碰上也要認輸的微笑。

「這回我們又同班囉，接下來一年請多指教。」

我不明白她笑容的含意，只簡略回了一句「嗯，是啊」。

當時我根本完全沒想到，這位大家公認的S級美少女又是我青梅竹馬的伏見，會跟我這種樸素低調的傢伙談起戀愛。

②和鄰座曾有的約定

翌日早晨。

伏見並沒有搭電車。

由於她家就在我家附近，距離最近的車站應該也跟我一樣。只是，在此之前上下學我都沒在電車上看過她。

這麼說來，伏見之前不知是搭公車上學，還是騎自行車上學，抑或只是她搭的電車班次跟我不同，我連這些都無法確定。

平安無事地順利到校後，我爬上二年級教室並排的校舍二樓，目標是我隸屬的B班。

一進教室，就發現伏見已經在自己座位上了。她的周圍聚集了一堆男女同學。

每次到了下課時間，伏見的座位必定會有某些訪客過來找她閒聊。

由於主動找上門的，不論是男是女，總是那些高調又顯眼的群體，所以我光只是坐到自己的位子上，都會有種莫名不自在的感覺。

「小諒，早安。」

耳熟的透明清澈聲音傳來。

由於是打斷對話的招呼，位在伏見周圍的人們全都一同看向我這裡。

這傢伙是誰？每個人臉上都這麼寫著。

昨天，當我還在趕著上學的時候，班上所有人好像都已經自我介紹過了。

「……早安。」

我察覺到周圍的人——尤其是男生，似乎正對我射來充滿嫉妒的帶刺視線……

我就座後，滑起了手機。

只要我採取這種行動，就算不跟其他人說話也沒關係，即便不跟任何人交談也不會顯得不自然。

唯有做這件事，我才覺得自己在這間教室取得了公民權。

跟在研擬他人視線對策的我不同，從隔壁座位傳來的對話，多半是社團或什麼新上映連續劇的內容，剩下則幾乎都是跟戀愛相關的話題。

「伏見同學，妳不參加社團嗎？要不要來我們女網社？現在隊員還很少喔。」

「對不起，我決定高中不參加了。」

「我們來創個群組吧？伏見同學，妳的帳號ＩＤ是什麼？」

不論男生女生，都很愉悅地哇啦哇啦大聲交談。

我可以推測出，聚集在伏見周圍的那幾個男生應該都是想追她的吧。伏見姬奈搞不好很受異性歡迎？我直到去年春天，才比別人慢了半拍察覺出這點。

甚至還曾親眼目擊應該是學長的人在向她告白。

她已經被許多人告白過，也被很多男生要過帳號ＩＤ或電話號碼，像這樣她受異性歡迎的傳聞我已經聽到耳朵快長繭了。

其實從中學時代開始，類似的謠傳就沒停過。是說，那些應該不叫謠傳而是事實吧。當初我還以為那些都是被加油添醋過的杜撰內容哩。

以我這個從幼稚園就對她很熟悉的人來看，伏見的容貌並沒有什麼特別之處。

負責這門課的老師一走進教室，原本覆蓋在伏見周遭的人牆便散去了。

每次下課時間都會變成那種景象，所以我總是希望老師快點過來。

這時伏見默默將課桌併到我的桌邊。

「咦？幹麼？」

難道是忘了帶課本？……不，她應該不是那種個性迷糊的女生吧。

老師正在黑板前口沫橫飛地講解，伏見卻藉由我跟她領地搭上橋的機會，在筆記本上寫了些什麼給我看。

『你聽懂了嗎？』

© Fly

啊啊，是問我對上課的內容能否理解吧？

「沒問題。」

我低聲回道，伏見臉上浮現出微笑。

其實我根本一點頭緒都沒有，老師剛才在說什麼我壓根沒在聽。

數學這鬼東西，完全聽不懂啊。

『你不是很不擅長數學嗎？』

為什麼妳會知道啊。

類似相互看考卷分數這種事，我們從中學時代以後就一次也沒做過了。

難……難不成，是透過地方情報網？

我腦袋很差勁這件事，已經變成家庭主婦們的八卦議題了……!?

伏見成績很優秀這點，我跟她經常同班所以非常清楚，甚至母親也曾向我打聽過。那亦是地方情報網發揮功能所致吧。

被學校人氣呼聲最高的美少女關心，對躲在教室角落比較合適的我而言，實在是有點承受不起。

謝謝，那妳教我數學吧——這種情況下，我總不能這麼回答吧。

她又在筆記本上寫些什麼默默遞給我看。上頭畫了一隻疑似貓（？）的奇怪生物，旁邊還有個漫畫的對話框。

『喜歡。』

按照剛才的對話邏輯，這應該是指她很喜歡數學，而且願意指導對數學一籌莫展的我吧。

「是啊，嗯。我知道了，而且我們又同班。」

伏見原本正在使用橡皮擦用力擦去對話框的手，頓時停住了。

我覺得有點不可思議便瞥了她一眼，只見她滿臉通紅。當我們四目相交時，她出現了驚惶失措的奇怪舉動，還不小心把自己的鉛筆盒揮到地板上。

「啊啊嗚啊啊嗚……」

奇怪的呻吟聲傳來……

把翻倒在地上的鉛筆盒撿回原位後，她「咳咳」地乾咳了一聲。

仔細看雖然她的表情是一派平靜，但耳朵還是通紅的。

伏見以前的表情會像這樣變化多端嗎？

『今天沒搭電車上學嗎？』

我因為很好奇就在筆記本上寫給她看。

「你、你等一下唷——」

她低聲說道，並以自動筆振筆疾書。

『因為家父上班途中會經過學校，所以每次都是讓他送我，昨天因為家父的時間無法配合我才只好搭電車。』

原來啊，難怪我以前都沒在電車上看過她。

不過話說回來，偶爾搭一次電車就遇到那個，該說她運氣不好嗎，還是……

『謝謝你，在事情不可收拾前及時救了我。』

「喔，好。」

我尷尬地回應道，伏見則嫣然一笑。

『小諒還記得我們的那個約定嗎？』

嗯？

那個約定是指哪個約定啊……？

我正試圖回溯記憶，伏見立刻對我投來充滿期待感的眼神。

約定……至少不可能是中學、高中以後的事吧。

然而，小學時代我們之間的約定可是有一大堆啊。

一、一個都想不起來。我只記得當年跟她約定了一堆事，但內容卻完全沒有印象。

我陷入沉思，時間約莫過了三分鐘左右吧。

這時，我偷偷往旁邊瞥一眼，只見伏見用力鼓脹著臉頰。她正進入像倉鼠般的瘋狂繃臉賭氣模式。

我已經忘光那個約定的事，似乎被她抓包了。

「不理你了。」她只這麼說了一句，就用力把臉別開，並將課桌搬回原本的地方離開我旁邊。

耶耶耶……

她明明願意教我數學，卻不肯告訴我當初約定的內容是什麼。

剛才伏見的表現，跟我所熟知的那個伏見，印象大為不同。

小學時代她的確就像剛才那種樣子，不過從那之後，她一派冷靜的表情就變得越來越得心應手，幾乎不再表現出內心的情感。

感覺坐在隔壁座位的那個人，並不是學校最受歡迎的女生，而是又變回了我的青梅竹馬姬奈，這種氣氛讓我有點懷念。

③午餐之友

『因為，姬奈是媽媽，所以小諒要當爸爸喔？』

『咦，為什麼？我當狗狗好了。』

小時候的我們，就跟普通的青梅竹馬一樣（？）經常玩扮家家酒的遊戲。

當我說我當狗好了的時候，伏見的表情，就跟如今坐在我旁邊的那張表情一樣，幾乎沒有任何改變。

眼前的伏見，也是用力鼓起臉頰抄寫著黑板上的板書。

她依舊處於瘋狂繃臉的生氣模式。

大概是用力過猛吧，啪、啪的筆芯折斷聲總是定期傳來。

若是問起她為什麼又露出這樣的表情呢——

『小諒，午餐要一起吃嗎？』

「咦？為什麼？我自己一個人吃就好。」

是因為我這麼說的緣故吧。更正確地說，我們是用筆記本筆談。

為什麼她會再次用力鼓脹臉頰，儘管我不明白真正的理由，但總之我的那番話應該就是導火線了。

不久，上午最後一堂課結束了，我抓著提前在便利商店買好的午飯，從座位站起身。

原本我以為，伏見也是自己一個人吃，但結果並非如此。就跟每堂下課時間一樣有男男女女主動找上門，將伏見包圍在他們的小團體內。

毋寧說，伏見還是別找我一起吃比較好吧？

我對自己有沒有朋友這點，並不在意，不過對在意的人來說，新學年的四月似乎非常關鍵。

例如跟誰打好交情，或是加入誰的小團體等等。類似這種，為自己加上標籤的鍍金行為往往會搞得大家人仰馬翻。

我跟伏見瞬間目光交錯，只見她露出彷彿幼犬被拋棄的寂寞目光。

真抱歉，現在才找我一塊吃午飯，但我跟那群成員實在是格格不入，所以拜託放我一馬吧。

我在心中暗地謝罪後，便離開教室。

我要去的場所，是位於特別教室大樓三樓的物理教室。那個地方大概是因為光明正大承認裡面沒什麼好偷的，所以總是一直未上鎖。

我走進其中，教室已經有先來的客人了。

那是一名長髮及肩的女孩，也是我經常在此碰面的鳥越。

「你來啦。」

「因為我也只有這裡能去啊。」

隨便打過招呼後，我們像平常一樣坐在遠離彼此的位置。

各自滑著自己的手機，一邊享用午餐，而且不會特別聊什麼話題。

要說我在學校唯一交情好的對象，那便是這位鳥越了。雖說我們幾乎只會在午休時間的物理教室碰面就是了。

我不清楚鳥越被分到哪一班，我想她應該也不知道我的情況吧。

從一年級開始我們就是這種感覺，彼此不干涉對方的事，也不進行任何不必要的對話。

比起朋友，我們更像是利害關係一致的同伴吧。

「今天上課的時候，你跟學校的偶像在偷偷摸摸聊些什麼？」

鳥越雖然這麼問但好像不太感興趣的樣子，眼睛並沒有從手機螢幕上離開。

「啊啊，妳是指伏見嗎？沒有，也沒聊什麼特別的事。」

嗯哼——對方的回應漠不關心。

「為什麼妳會知道這件事啊？」

「因為我們同班。」

真的假的，我完全沒發現耶。

「是說，這件事在班級群組已經聊開了。」

「……嘎？」

「就是那個，班級的群組聊天室。大概有七成的同學被邀請加入了吧。」

「嘎？鳥越也加入了？」

「基本上是吧。雖然我從不發言，只是已讀其他人的訊息而已。」

真叫人意外啊。我原本還以為，她應該是那種不加入班級群組的類型。

……是說，我甚至連邀請都沒收到。算了，我才不在乎……

「就、就算我收到邀請我也不會加入的！」

雖說不想加入，但還是希望別人至少問一下自己的意願，這種複雜的青春期心理還望妳能理解一下。

鳥越噗嗤地低笑一聲。

「你不必逞強也沒關係啊。」

我、我才沒逞強哩。

鳥越告訴我，大家在群組紛紛胡亂猜測，開學後變成鄰座的我跟伏見究竟在聊些什麼。

© Fly

「大家都吃飽太閒了吧。」

「伏見的動向，似乎是這所學校最重要的關切議題呢。」

是這樣嗎？

我跟她是青梅竹馬的事，大家應該早就不記得了吧。況且我們之間也沒有那種氣氛。

「因為這樣的組合很叫人意外呀。我也感到很意外。完美的偶像配上了高等級的孤僻邊緣人。」

「我的那個頭銜是怎麼回事。」

因為太貼切了簡直是讓我啼笑皆非。

「喔哇啊!?」

鳥越冷不防發出怪叫聲。

看似冷靜的那傢伙會如此慌張，還是我第一次見識到。

「妳怎麼了嗎？」

「咦?不，沒事……應該說，我以前都不曉得……?」

她在說什麼？

當我感到很不可思議時，午休時間也邁入尾聲，我們便分頭返回教室。

一如往常，那位完美的偶像還是非常受歡迎，座位周遭又築起了人牆。

我的位子也被占領了，讓我不禁嘆了口氣。

要暫時坐別人的椅子是無妨，但午休都已經結束了就趕快回自己的座位啊。

——好吧這種事也不值得一提所以我就沒開口了，但心裡不太爽總是可以肯定的。

我返回教室的事，被伏見發現了。

「小——高森同學回來了呀，那請把座位還給他吧？」

喔，幹得好啊，伏見。

那個輕浮的男同學一臉不甘願地從座位起身。我為了對伏見表達感激之意，朝她倏地豎起大拇指。

伏見原本冷靜的臉孔融化了，因發出欸嘿嘿的笑聲而變形。

這幾天以來，伏見跟我印象中的模樣大不相同。

就算之前我們也曾交談，但去年她明明都還是一派冷靜的表情。

……算了也罷。

我記得，伏見的表情是從中學時代才變得這麼冷靜的。

她的形象逐漸固定為如今這種溫婉賢淑的完美美少女，差不多也是那個時候開始的。

對於從小時候就認識她的我來說，她刻意展示給別人看的那種表情，總是讓人有點無法適應。

下午的課開始了，我本來想睡個午覺，但手機卻發出嗚嗚嗚的急促震動。反正，八成又是我妹提醒我下午下課回去順便到超市幫她跑腿的訊息吧。

我將手機藏在桌底下確認訊息，結果卻是來自一個陌生的個人圖示以及『姬奈』這個用戶名稱。

……………不會吧？

我望了隔壁一眼，臉色略顯緊張的伏見，正偷偷地窺視我這邊。

果、果然沒錯！

我的帳號究竟是怎麼……啊，是鳥越幹的嗎？

不對，明明就坐在隔壁還需要傳訊嗎!?

『是鳥越同學告訴我帳號ＩＤ的！如果打擾到你請原諒！』

是沒有那麼誇張啦——等等，她訊息還沒傳完。

『如果可以，今天放學一起回去吧？』

……妳是怎麼了，伏見。

平常妳不是都跟那群帥哥美女組成的小團體一起走或出去玩嗎？這類的資訊我經常聽街坊鄰居提起呢。

今天反其道，跟我這種人一起回去真的沒問題嗎？

了。

妳應該有其他許多更想一塊離開學校的對象，不是嗎？

我用充滿質疑的視線投向伏見，結果她在我的注視下聳著肩膀，整個人越縮越小

她手底下唰唰地滑著手機，然後又偷偷看向我。

『不行嗎？』

強烈的緊張感從鄰座傳了過來。

只是邀我這種人而已，何必一臉緊繃的表情呢。

擺在我面前的選項只有一個。

『可以啊。』

我如此回覆。訊息立刻就被已讀了，從手機螢幕抬起頭的伏見頓時笑逐顏開。

這種如花朵盛開的笑容，令我內心為之一震。

明明是那麼熟悉的臉孔了……我竟會不經意地感覺到她是如此可愛。

④ 丟臉死了

上完課後迎來了放學時光。

伏見真的要跟我一起回去嗎？到這個時間點為止，我都始終半信半疑，不過看來她是真的打定主意要跟我一塊走了。

「小諒，我們走吧。」

「喔，好……」

感覺我跟伏見說話的時候，都只會用「喔，好」這句話而已。

拿著書包站起身的伏見，轉身過去正打算走出教室。感覺她的一舉手一投足，都散發著體內要飄出音符的氣息。

「姬奈，今天要不要去哪裡逛逛——？」

「對不起唷，今天，我要跟高森同學一起走。」

「咦？啊啊，是嗎……？」

跟伏見交情不錯的那個女生，聽了這番話瞪大雙眼。那之後，她對跟在伏見後頭的我投以一瞥，不解地歪著腦袋。

好吧……這也不能怪她。

那個女生一年級時也是跟我同班，但去年我跟伏見可是從來沒表現出關係良好的樣子。

沒錯，一點跡象都沒有。

為什麼伏見要突然返回「青梅竹馬」的關係，我簡直一點頭緒都沒有。

反過來說，小學時代我們明明還是「青梅竹馬」，但卻在後來不知不覺關係疏遠了，這是什麼原因我也不懂。

那之後的伏見，在完全走出教室前又婉拒了好幾個人的邀約。眾人紛紛露出目瞪口呆的反應。

我可以理解你們的心情啊，因為我自己也是目瞪口呆，到現在依然無法置信。

雖然我因為沒有拒絕她的必要所以終究還是答應了，但她到底是出了什麼事才會變這樣……？

「這樣好嗎？放學後妳不是應該跟其他人去唱卡拉ＯＫ，或是去家庭餐廳聊天之類的？」

伏見將輕柔飄逸的秀髮撥到耳後並露出「咦？」的反應。

「我的意思是，為什麼要找我。」

吧。

我猜，去唱卡拉ＯＫ，或是去家庭餐廳聊天，都鐵定比跟我一塊回家來得有意思

然而伏見嘟起嘴脣。

「我才不告訴忘記約定的人呢。」

「那個約定，到底是什麼啦。」

我鬧彆扭地這麼抗議道，但伏見卻發出「啊哈哈」的笑聲。

像小時候的互動一樣還滿開心的嘛，可惡……

走出正門的樓梯口，我們並肩而行。新生自不待言，就連其他放學的學生也集體對我們行注目禮，這種情況我也不必再贅述了吧。

感覺超不自在……

「放學後，不該去其他地方閒晃應該要直接回家吧？」

「咦？」

「人家可不是那種會在深夜出遊的壞孩子嘛。」

什麼人家……竟然用起這麼孩子氣的說話方式。

「如果你以為我習慣放學後到處閒逛，那我會有點不開心的。」

「抱歉抱歉，就教室看到的情況，我以為妳跟那群喜歡出遊的小團體很熟，所以才會產生這種想法。」

「就算他們邀我，我也只是偶爾答應而已唷。況且傍晚六點左右我就會回家了。」

正如她在課堂上的表現，真不愧是個優等生啊。

但這位閉月羞花的校園公主，這麼早回家究竟是為了什麼。

花了五分鐘左右抵達距離學校最近的車站，我們搭上駛來的電車。

「啊，我懂了。」

為什麼她今天要找我，我總算想通了。為此我忍不住喊出聲音。

「咦，怎麼了？」

「伏見，妳看看車廂內。」

伏見的頭頂浮現出「？」，但還是依照我說的環顧車內。

乘客的比例，有大半被我們學校的學生占據了，其他類型的旅客寥寥無幾。

「車廂內，怎麼了嗎？」

「既不是滿載的電車，也沒有可疑的傢伙。幾乎都是我們學校的學生。」

「嗯？」

「所以回程的時候，大可不必擔心色狼出沒喔？」

「咦？我並沒有擔心唷？」

「……」

「我沒有擔心唷？」

「不必說兩遍啦。」

「誰叫你，剛才沒反應……啊，難道說，小諒以為我是想拜託你陪我回去？」

「我、我、我才沒有哩！」

「你騙人——」

伏見臉上露出促狹一笑，還對著我的胸膛戳了幾下。

咕，別用一副開心的表情戳我好嗎？

「假如現在這裡，又跟早上一樣是滿載的電車，那小諒也會保護我嗎？」

不知為何，伏見朝我節節進逼。

「再保護妳一次……之前只是剛好撞上而已——是說回程根本不會有什麼滿載的電車嘛。」

「討厭——！我只是假設一下而已！這種時候就不要那麼吹毛求疵了。」

那不是吹毛求疵而是問題最重要的關鍵啊。

由於伏見氣呼呼地瞪著我，我只好嘆了口帶有投降意味的氣。

「好、好吧。說什麼保護妳實在是很不好意思，但我會盡力避免妳受到變態的傷害。」

這個答案似乎讓伏見滿意了，只聽見她發出欸嘿嘿的羞赧笑聲。

「只可惜平常回家，我幾乎不可能搭電車就是了。」

「那剛才的問答，不是全都在白費功夫嗎？」

搞什麼鬼嘛。

的確，我以前從未在回程的電車上看過伏見。我原本以為是我們回家的時間剛好錯開了，但看來事實並非如此。

「那，妳今天為什麼搭電車？」

「……因為，對吧……」

她不知低聲咕噥些什麼，說完就把視線別開，似乎很害臊地眺望著車窗外。

拜託，我根本沒聽清楚。

「咦，什麼？妳再說一遍。」

在哐噹哐噹搖晃作響的電車中，伏見對我半側著臉。

雖然這次還是很小聲，但我卻聽得一清二楚。

「那是因為，小諒也是搭電車回去的對吧……」

她的臉頰逐漸染上了紅暈。

之所以會臉紅，應該不光只是被夕陽映照的緣故吧。

「反正想一起回去的……也是我呀……」

伏見扭扭捏捏地，視線往下直盯著自己的腳尖。

她的發言與眼前的狀況，全都令我難以置信。這種心底小鹿亂撞的感覺是怎麼回事，如果說有人在旁邊拍攝，且正在上直播給大家看，我還比較敢相信。

「……咦，怎麼？妳那是什麼意思？」

「討厭，到底要讓我說幾遍呀，你好壞。人家快丟臉死了！」

別發明這種新詞好嗎，我才快害羞死了咧。

⑤ 掩飾的代價與辣妹

那之後，我們彼此都陷入沉默，直到抵達離家最近的車站。

所謂的放學一起回家，兩人出現這樣的氣氛好嗎？

小學時代，我記得我們總是會在回家途中四處閒逛……但都升上高中了一起回家還能做什麼……？

「你的臉色怎麼不太好看？」

伏見湊近我的臉端詳，害我嚇一大跳。

「沒事，只是覺得既然一起回家，光是這樣真的夠嗎？」

從距離住處最近的車站開始步行。

慢慢走到我家要花十五分鐘。如果是早上趕時間用衝的話，這距離大約十分鐘就夠了。

「你、你很在意嗎？」

「那當然囉，畢竟妳是本校的公主嘛。」

「不要連小諒都用那種眼光看待我好嗎？」

伏見似乎覺得很無趣地喃喃說道。

呃，妳對我抱怨也沒用啊。

「啊，這麼說來，妳跟鳥越交情好嗎？」

「鳥越同學？要說交情嘛，應該算普通吧。」

聽說我的ＩＤ帳號是伏見從鳥越那打聽來的，本來以為她們的關係匪淺，但看來好像不是如此。

畢竟之前伏見突然傳訊給鳥越，鳥越也嚇得發出了怪叫啊。

「那個，有件事我想要先說清楚。」

停下腳步的伏見，鄭重其事地先說了這麼一句開場白。

「什麼？」

想先說清楚？

由於我心裡一點頭緒都沒有，不禁狐疑地歪著腦袋。

「小諒你——」

「喂——」

彷彿要遮蓋伏見的說話聲般，有另一個耳熟的聲音響起。伏見聽了指著我的背後。

「小諒，有個辣妹在拚命對這邊揮手耶。」

難不成是？我心裡這麼一想並迅速回頭一瞥。

那正是高森家的長女，也是這個春天要升上中學三年級的我妹茉菜。

一頭微捲的茶色秀髮加上華麗的妝容，配上一條短得叫人吃驚的制服裙子，腰際還綁了一件開襟針織衫。

那件針織衫好像是為了防止底褲從後頭走光之類的。

不過，當她騎自行車的時候，偶爾從正前方便能輕易看見就是了……

那位茉菜正輕盈地蹦蹦跳跳並努力揮手。

「那個人，是誰？」

「茉菜。」

「耶，茉菜!?她、她什麼時候，變成辣妹了……!?」

以前我跟伏見一塊玩的時候，茉菜也經常加入我們。不過，如今的茉菜已經完全看不出小時候的模樣了。

剛升上中學她就變得比較成熟了，之後不知不覺走向了這條路線。至於事情為什麼會如此發展，我也不太清楚。

咚咚咚，那位辣妹朝這裡小跳步而來。

「葛格，你現在要回家？」

「在外頭別叫我什麼葛格，妳不覺得丟臉嗎？」

「葛格就是葛格呀。咦，等等——？姬奈姊姊，真是好久不見——」

「對呀好久不見了，茉菜。」

這兩人並沒有大呼小叫地開懷敘舊，只見茉菜對我跟伏見交替看了幾眼。

「真難得耶，你竟然不是一個人回家。」

「偶爾啦，有時候也會這樣。」

嗯哼——茉菜用鼻子哼了一聲。

「葛格，你晚餐想吃什麼？」

「就說了，不要叫我葛格……咖哩之類的吧？」

「OK。」

嘻嘻嘻——茉菜綻放出笑容。

這傢伙雖打扮時髦但個性卻意外認真，高森家的廚房已被她掌管，每天她都會代替母親為大家料理三餐。

「那麼，待會見囉。」

說完，茉菜就跨上停在附近的自行車，不知道往哪騎走了。

我猜，她應該是去超市採購晚餐的食材吧。

那傢伙，明明一派辣妹的打扮卻完全不出去玩啊……

嚇了我一跳呢——伏見也低聲咕噥道。

「現在這樣子雖然也很可愛啦，不過茉菜竟然變了這麼多。」

就是說啊，很嚇人對吧——我彷彿事不關己般同意伏見的看法。

「我知道為什麼，因為小諒很喜歡辣妹那類型的對吧？」

「耶——？」

我太吃驚了，眼珠子差點噴了出去。

「……這是從哪打聽來的情報啊。」

「就是，中學的時候，我聽你親口說的。」

中學時代？

……啊，難不成，伏見指的是那個。

從小學就跟我一直同班然後又是鄰居兼青梅竹馬的伏見，曾被別人當作嘲弄的對象。

你很喜歡她吧——？她是不是早上會叫你起床——？就類似這樣，別人總是會半開玩笑地損我。

我因為很討厭這樣，所以就故意說出跟伏見剛好完全相反的女性類型。

『嘎?我喜歡的才不是她那種，辣妹比較好。』

伏見不論怎麼看都是正統派的美少女，所以我才會口是心非（？）地說出這番話。

如果只有我自己被開玩笑也就罷了，但有其他女生被牽扯進來，我可是一點都忍受不了。

伏見無精打采地再度踱起步。

「反正，事情就是那樣……」

妳竟然記得這麼清楚！

「那不是我的真心話，該怎麼說呢，就類似一時隨口亂說吧。」

「茉菜她，不只是女大十八變，在許多方面也成長了不少呢。」

是啊長成了不管去哪裡都臉不紅氣不喘的辣妹了……

伏見所謂的成長應該就是指胸部吧。

伏見低頭看了看自己的胸口。

那邊有微微的隆起，算是還很寒酸的胸部吧。

「……人家現在，好想死……」

「一定要打起精神活下去！」

我加緊腳步跟垂頭喪氣的伏見並肩而行。

「我怎麼可能喜歡什麼辣妹嘛。」

「真的嗎？」

「嗯，我只是因為討厭別人開我跟伏見的玩笑所以才那麼說，那不是我的真心話。」

雖然辣妹當中也有心地很好的，不過真要說起來，我還是傾向對那種人敬而遠之吧。

然而我家老妹可是那種善良的辣妹類型，甚至還會幫忙料理三餐。

「既然這樣的話，那就好。」

氣氛比先前和緩多了……我有這種感覺。

「討厭，害我糾結了那麼久，真不划算。」

從青梅竹馬的姬奈，變成同班的姬奈同學，我們的心理距離之所以會疏遠，仔細想想好像也是從中學一年級開始的吧。

至於我，也討厭被周遭當作取笑的對象，所以才會跟伏見逐漸保持距離。

正是因為把伏見意識為異性結果才會變這樣，這該說是中學一年級男生的天性嗎，就類似麻疹一樣，任誰都要經歷過一次。

「過去一段時間，我們會變得跟陌生人一樣，難不成，就是因為我說了那番話……？」

「對呀。反正，事情就是那樣。」

她在記恨!?

「以前的事，我真的很抱歉。」

就像在懇求她原諒般，我謝罪了好幾次。

「要不要等下去哪裡逛逛？找個地方讓我請客算是賠禮……啊？去便利商店買冰或零食吃怎麼樣，那樣應該可以吧。總不會要我去咖啡廳請妳吃鬆餅吧。」

那麼這樣好了——伏見表示。

「人家……想去小諒的家。」

「耶？」

想去我家一趟，伏見是這麼說的。

我家既不是咖啡廳，也沒有鬆餅。至於冰嘛……記得冰箱冷凍庫裡好像有。另外還有一些零食存貨，就用那個來應付過去吧。

雖然把那些吃掉了，茉菜一定會發飆，但情況緊急也沒辦法了。

在不清楚伏見真實用意的狀態下，我模稜兩可地回答她「嗯，可以啊」。

因為回伏見家的途中會先經過高森家，所以要說是順道進去一下也行吧。

不過，為何她突然……？

我窺伺走在我身邊的那位美少女，只見她的表情似乎隱約帶著笑意。

這跟在教室經常看到的、那種經過包裝的「伏見姬奈」式表情有著些許不同。

我家可是什麼都沒有喔？就像這樣，我跟她確認了好幾遍，但伏見依然故我。

「沒關係，就算什麼都沒有我也要去。」她這麼表示。

這是青梅竹馬姬奈的模式，但我實在搞不懂她此刻腦袋在想些什麼。

我不解地歪著頭繼續走著，最後抵達自家。

「小諒的家，感覺好久沒來了——」

外觀毫無任何奇特之處，就是一棟隨處可見的西式獨棟住宅。

被我稱為屁孩車的那輛茉菜自行車，目前也沒有停在它的停車位裡。

母親尚未下班，如今家裡一個人也沒有吧。

……家中明明一個人也沒有，我讓女生進來真的好嗎……？

伏見的長睫毛啪嘰啪嘰地眨了幾下，宛如小鳥般微微轉動脖子。

「怎麼了嗎？」

不只是長得好看而已，她之所以能從男生那邊獲得壓倒性的支持，這種小動作也是原因之一吧。

我可以多少理解伏見會被那些人熱烈喜愛的理由了。

「不，沒事……」

伏見從前不知道來過我家幾次了，甚至還經常到我房間玩。

明明應該習以為常了，我卻莫名感到緊張……

打開門鎖，把她帶入玄關。遞出拖鞋後，她說了句「謝謝你還這麼大費周章」，便把學生便鞋脫了，將嬌小的腳掌塞入拖鞋內。

要把她領去哪邊比較好？以前我們也在客廳一起玩過吧……

「不去二樓嗎？」

「唔耶!?去我的房間!?等等，這樣好嗎？」

「嗯。去吧去吧。」

對我家熟得像自己家一樣的伏見，啪噠啪噠踩著拖鞋逕自登上階梯。

被人看見會很不妙的玩意，我應該都有收好吧。

東西用完以後要放回原位——對小時候如此嚴格教育我的母親，我真是萬分感激。

「那個，你不上來嗎？」

伏見在樓梯上停下腳步，只有臉朝我轉過來。

「我現在就——」

剛好變成我朝上仰望的角度，以至於裙底風光，全部、全部都——看不見。

「…………」

「？」

大大鬆了口氣，不過老實說也有點遺憾。

那是怎麼回事？裙子長度經過巧妙計算嗎？簡直是太過精準了。

我隱藏起略感失落的情緒，接著登上階梯，並追過伏見的位置。

走在二樓走廊，最後打開房門。

房間裡有褪下後隨手亂扔的衣服，以及看到一半亂擺的幾本漫畫書，幸好沒有任何黃色的物品。

我再度放下心中的大石頭。

這個面積約六個榻榻米大的房間，擺了書桌與床，剩下就是兩組塞滿漫畫的彩色膠合板書架，構造相當簡單。

「裡頭很亂嘛——」

從我背後窺探房內的伏見這麼咕噥了一句。

不過跟以前一樣沒什麼變呢——她又這麼補充道。

進入房間後，我將那些隨手亂丟的東西堆到床鋪角落。

坐墊之類的是放在衣櫃裡嗎？

正當我想清理出可以坐下的空間時，伏見已砰咚一聲坐在床邊。

我不禁對她的這番舉動看傻了眼。

「啊，抱歉，你不喜歡別人坐你的床？」

「不，不是那個原因。」

要是我是壞人的話妳該怎麼辦啊。

就這樣順勢推倒，接下來，勢必會發生那種色色的事吧。

「嗯？既然不是那個原因，那是什麼？」

© Fly

「伏見，我覺得妳最好還是有點戒心吧？像這樣毫無防備——」

話說到一半，伏見向後一倒仰躺在床上。

「所謂的毫無防備，就是像這樣嗎？」

「……我說妳啊。」

「啊哈哈。」

伏見似乎很開心地咯咯輕笑著，我則無奈地嘆了口氣。

「妳之前最後一次來我家，是中學的時候嗎？」

「不是唷，是小學六年級的……」

保持仰躺姿勢望著天花板的伏見，在奇怪的地方打斷話頭。

六年級的時候？是這樣嗎？

「小學六年級的，然後呢？」

我這麼問道，結果她在床上一個轉身背對我。

「小諒，你不記得了嗎？就是從六年級的那一天以來。」

完全沒印象……那一天是指哪一天啊？

我一直以為她之前最後一次來我家大概是中學的時候，但結果她對我表示是小學六年級，我簡直是一點頭緒都沒有。

「…………喂，妳比較想喝果汁還是茶？」

「討厭，這種轉移話題的方法爛透了。」

依然躺在床上的伏見又發出咯咯咯的笑聲。

那我選果汁——得到這樣的答案後，我就離開自己的臥室前往廚房。

「小六的時候？她那陣子每週大概來我家玩五天吧……跟伏見有關的事我總是很容易淡忘印象……畢竟太常相處了，要想起特定的一件事反而很困難……」

我這麼喃喃自語地咕噥著，將冰箱裡的蘋果汁倒入兩只玻璃杯中。接著又抓了包儲放的洋芋片返回房間。

因為房間裡沒有餐桌之類的，只好將手裡的東西全都放在書桌上。

「六年級的時候，到底發生了什麼事啊？」

我回頭一看，伏見仍舊躺在床上。

真是的，我不禁用鼻子嘆了口氣。

山根挺直、形狀端整的鼻子配上清爽的雙眉，大大的雙眼皮，如今正緊閉著。光澤豔麗的秀髮隨意披散在床上，還可以聽見桃色的薄唇發出了輕微的吐息聲。

「喂，妳睡著囉？」

她微微掀開眼皮，朝我這邊瞥了一眼。

幹麼要裝睡啊……？

是打算繼續玩剛才那個毫無防備的遊戲嗎？

「伏見，我說妳啊，捉弄男生也該適可而止吧。」

我決定稍微修理她一下。

擺出跨坐在她身體上方的姿勢，將雙手壓在她臉龐的兩側。

怎樣，怕了吧？

不過，這、這比我想像中還更貼臉啊……

反而是我這邊胸口猛跳起來……

伏見忽然用力睜開眼，她的眼神比我想像中嚴肅許多。

「我才沒有捉弄你呢，只是小諒自己忘記了而已。」

「妳說的那個，到底是什麼嘛。」

「這只是我們之間一大堆約定的其中之一唷？」

雖說承諾過一大堆約定，但個別的印象我都很淡薄啊……

然而唯獨其中一個約定，我現在還記得很清楚就是了。

「躺在男生的床上裝睡什麼的——這種事不是說好只能對喜歡的男生做嗎？」

「——笨蛋。」

「……笨蛋。」

伏見面頰泛紅，一邊把臉轉開背對我。

「幹麼笨蛋還要說兩遍啊。」

「因為不記得約定的那個人就是大笨蛋。」

可惡，既然妳那麼說我也不客氣了。

「你到底要趴到什麼時候？快讓開啦。」

「啊，抱歉。」

被她這麼一說，我不禁解除了跨坐的姿勢。

由於氣氛變得有點尷尬，我們先享用了果汁和洋芋片，讓沉重的談話氛圍能恢復輕鬆。

光是聊天，手邊感覺有點閒，她這麼表示並將我脫掉以後亂扔的衣服重新疊好。

聊著聊著，伏見說「差不多該回去了」並抓著書包站起身。

在不知不覺當中，外頭的天色已變得略顯昏暗。

我決定送打道回府的伏見一程，兩人走在彷彿街燈自昏暗中打亮的一條穴道裡。

「既然我是笨蛋那也沒辦法了，能不能多給我一些關於那個約定的提示啊？」

「提示？都已經約定過那麼多了，你竟然還能忘記，真是令我太震驚了。」

伏見彷彿在鬧彆扭般嘟起嘴脣。

「就說了我覺得很抱歉嘛。」

「不是啦。算了，沒關係，我不該那樣批評你。因為是很久以前的事，就算忘了也沒辦法，不過我可是把跟小諒打勾勾過的內容全都記在紙上唷。」

「真的假的？」

這麼說來，我回憶起伏見當初好像很仔細地把什麼記在筆記上。

「『那麼我也寫下來』，那時候小諒也記了唷？」

「真的假的？」

「當然是真的，千真萬確。」

經她這麼一提，我也隱約有自己寫下什麼的印象。

「是說，妳把那筆記給我看不就得了？如果是我能辦到的約定，我一定會全力以赴。」

「能辦到的約定──？全力以赴──？」

砰──伏見的臉一下子漲紅起來。

「不、不、不行啦！呃……除了記那些約定以外，上頭還寫了很多無聊的事，給你看太丟臉了。」

「哼，是這樣嗎？」

所以是類似黑歷史的紀錄囉。

就在我們聊這些的時候，不知不覺來到了伏見家的門口。

「今天謝謝你囉，明天見。」

「嗯，掰啦。」

我對正在揮手的伏見同樣揮手回應，接著轉過身。

既然我也用筆寫下過約定，只要找一下應該就能找到，對吧……？

⑦ 約定的片段

送伏見到家並再度返回自家後，茉菜跟母親都已經回來了。

茉菜正在廚房準備晚飯，母親則在換氣扇底下吞雲吐霧。

「回來啦。」

「是啊，嗯，我回來了。」

「葛格，今天因為要吃咖哩，所以要稍等一下喔！」

好啦──我隨口回應後便躺在客廳的沙發上。

母親擔任護士的工作很忙，所以家事幾乎都交給茉菜料理。我媽在家裡其實是擔任父親的角色，不管是早上扯棉被叫人起床，或是下廚都很少輪到她。

「喂，媽媽，葛格他今天跟姬奈姊姊一起回家耶？」

「耶──」

嘴裡叼著菸的母親，不懷好意地咧開嘴。

這副模樣簡直就像心裡在盤算惡作劇的中學生。

「喂，別告訴媽這些無聊的事好不好。」

朝這邊回頭的茉菜，對我用力吐出舌頭。

得趕緊改變話題才行。

「我小學時使用的筆記本之類，還在家裡嗎？」

根據我的記憶，應該是塞到了某個地方才對。

雖然伏見說她把約定寫在筆記上了，但我卻不記得自己有用過那種小記事本。

要是我有寫，一定是寫在各科專用的大筆記本上吧。

「在啊，如果是那個，壁櫃裡應該塞了好幾本吧。」

母親熄滅香菸後走出房間。我跟了過去，只見她正在拉開和室的壁櫃紙門。

母親一頭鑽進去，在裡面沙沙沙地翻找著。

「記得應該是放在──這一帶……找到了。」

她拉出一個上頭以平假名寫了「諒」字樣的紙箱。

「找這個做什麼？」

「不……沒什麼……只是有一點事。」

我一邊含糊其辭，一邊伸手在紙箱內摸索。

「告訴媽媽有什麼關係嘛，小諒──」

母親環抱我的脖子，輕輕戳著我的臉頰。

「真是的，快住手啊。」

母親發出啊哈哈的大笑聲。

該怎麼說呢，跟她的相處方式就像是什麼狐朋狗友一樣。

剛投入職場沒多久，就跟父親先有後婚的母親，很年輕就生下了我。因此她現在也才四十歲左右，跟其他人的母親相比顯得非常年輕。我們兄妹還很小的時候父親就遭遇意外事故去世，此後我家的母親便扛起父職了。

「你跟姬奈在交往啊？今天不是還一起回家了嗎？」

「才沒那回事哩。」

「是嗎？親眼目睹的茉菜心情好像有點不好，她身為女性的直覺告訴她『這樣子一定是兩個人一起回家了吧？』難道不是嗎？」

「別亂啟動那種莫名其妙的雷達好嗎，而且完全猜錯了。」

她因為不清楚伏見受歡迎的程度才會隨口這麼說吧。

我既非班級的核心人物也沒有在社團活動大放異彩，伏見不可能會看上我這種樸素低調的角色。

「猜錯了嗎——以前你們的感情明明很好啊。『姬奈，以後要跟小諒結婚——！』姬奈還曾大剌剌到我面前發表宣言哩？」

「真的發生過這種事嗎……？」

「她現在也很可愛啦，不過小時候的姬奈真的就跟天使一樣呢。」

我完全不記得了。

在紙箱裡找了一會，我發現一本沒有格線的空白筆記本。這是小五的時候用的，其中大半頁面都被我隨手畫了超醜的塗鴉，一點也沒發現類似我跟伏見做過約定的紀錄。

「……奇怪？」

但這冊筆記本有一部分彷彿被用力撕掉般呈現不自然的破損狀態。

這是怎麼回事。

我不解地歪著腦袋，這時咖哩的誘人香氣已飄散過來。

「我把茉菜教育成賢慧的好女孩了。雖然是個辣妹，但你就跟她結婚吧。」

「我們可是兄妹啊——」

「哈哈哈，這麼說也沒錯啦。」

這時從廚房那邊傳出，「媽媽呢？快來幫我——！」的大叫聲。

好好好——母親便站起身離開和室。

「約定的筆記，約定的筆記……」

我開始檢視其他筆記本，結果在小六的算術筆記上發現了疑似的內容。

『等升上高中，我要跟姬奈初吻。』

喔呀啊啊啊啊啊啊啊啊啊啊啊啊啊啊啊啊啊啊!?

這、這、這是什麼鬼東西！

在一大串排列的算式跟數字當中，唯獨那行字孤零零地待在一個空白區域。

「我寫這幹什麼啊！」

忍不住在榻榻米上打起滾來。

看、看到寫成文字後，感覺更丟臉了!!

不過，這個很像我要找的吧……!?

根據伏見所言，她之前最後一次造訪我家是小六的時候。而這頁筆記上的日期，是二月十五日。

西洋情人節的隔天。

當初的這項約定……這項讓我丟臉到快要死掉的約定，難道不就是在那天許下的嗎？

伏見今天說到一半就打斷的那番話。

「是小學六年級的……」她只說了這些，臉就變紅了。

至於後續的部分，搞不好就是……西洋情人節那天，對吧。

除了約定的內容外，對其他人另當別論，初吻什麼的對我本人總不能直接說出來吧。

不過為什麼不是升上中學而是高中呢——我不認為這種條件是我想出來的。

因此，這項條件應該是伏見提議的，而我在未經深思熟慮後便輕易答應才會出現這種約定。

什麼初吻啊，妳這傢伙，當年未免太早熟了吧……！

是受到連續劇什麼的影響嗎？

這麼一想，今天我去端果汁回房間時所發生的事，就很合理了。

如果我是壞人的話，搞不好會以為她躺在床上是在引誘我去襲擊她哩……

「我、我才不會跟睡著的人接吻咧！又、又不是白痴！」

我將那本筆記扔回紙箱。

「葛格，你從剛才就在吵什麼呀？說什麼接吻接吻？」

不知什麼時候，在制服外披一條圍裙的茉菜，已經輕輕環抱雙臂站在那邊了。

「接、接吻……天、天婦羅……我是說，我想吃沙鮻天婦羅……（註1）」

「之前說想吃咖哩的，不是葛格嗎？怎麼現在又變天婦羅。」

茉菜的目光，顯得極為冰冷。

「……妳說得對。」

註1「沙鮻魚」跟「接吻」的日文發音相同。

「你偷吃了我的洋芋片吧，這樣還吃得下晚餐嗎？」

「對不起……請放心我還吃得下。」

「還有……水槽裡有兩只玻璃杯，那是怎麼回事？」

她、她真的氣炸了。辣、辣妹果然好可怕啊啊啊啊！

「……」

是說，為啥茉菜要對我發脾氣啊!?

是因為我擅自吃了她的洋芋片？還是因為她認為我吃了零食後就會吃不下晚飯？

或者，是因為「某人」進入我們家的緣故——？

茉菜正惡狠狠地瞪著我。

「只是一些讓人有點火大的事，今天剛好全都碰在一塊了。」

全、全部？是指火氣爆表了嗎？

「茉菜，我可是什麼都沒——」

「就讓你嘗嘗沙鮻天婦羅怎麼樣？」

她試圖給我來一記前踢，幸好我穩穩地接住了她的腿。

我身為兄長，可不是那麼好欺負的——！

「呀啊!?快、快放開我！」

「我放開妳妳就要踹我了吧!?更何況妳裙子那麼短——」

「那又怎麼樣，要你管！」

誰叫妳的，那個，內褲都已經走光了……真是個不知羞恥的辣妹！

因為茉菜一直沒回廚房，感到可疑的母親也跑了過來，還對我們兩人大發脾氣。

返回飯廳後，我刻意裝出一副乖巧聽話的模樣吃著晚飯。

「這咖哩，真好吃啊。」

「……那還用說。」

茉菜似乎微微露出了欣喜之色。

8 事故

早上被手機的鬧鐘吵醒後，我下樓享用茉菜為我準備的辣妹早餐。

其實所謂的辣妹早餐只是我擅自這麼命名而已，內容就是吐司跟荷包蛋、沙拉這種極其平凡的菜色。

附帶一提，母親因為值大夜班所以現在還在睡覺。

「葛格，你要遲到囉——？」一大早就化好濃豔辣妹妝的茉菜催促著我。

唸中學的人真好啊。因為學校距離近所以時間還很充足。

我正恍神地灌牛奶吞下吐司時，那位溫柔的辣妹妹妹還吵著「說真的，你就快遲到了！」感覺很擔憂的樣子。

好啦好啦，我抓起書包，走出家門。

「小諒，早安。」

結果眼前出現了，溫暖微笑宛如春日和煦朝陽的伏見。

「……喔喔，早啊。來我家有事嗎？啊，是不是昨天忘了東西？」

我不解地歪著頭，結果伏見發出「呼呼呼」的含蓄笑聲。

「不是啦。我們一起上學吧？」

「耶？啊啊，好……」

這是怎麼了？為什麼？我腦袋滿是問號，但因為時間緊迫，我還是加緊腳步趕往車站。

本來應該要送她上學的伯父，今天好像又是時間無法配合之類，總之就是有些難以陪她的理由。

難道她是因為色狼未遂事件而產生心理創傷，不敢單獨一個人搭電車嗎？

「伏見，或許妳不知道所以我趁機告訴妳，這世上有一種叫女性專用車廂的東西，妳只要搭那個就不必擔心色狼了。」

「呼呼，那種東西，我早就知道了。」

那為什麼還……？

「跟昨天回家一樣，我可不是想讓小諒當我的貼身保鑣唷。」

她這麼一解釋，反而讓我更好奇了。那她跟我一起行動的好處是什麼？

況且——伏見繼續說道。

「如果我進女性專用車廂，那小諒不就沒法上車了？」

「嗯，因為我是男的啊。」

「所以當然不行囉。那樣我們就被迫分開了，也完全沒有『一起上學』的感覺。」

我無法掌握她的真正用意，只能發出「哎，啊，是嗎……」的模稜兩可回應。

對不懂得體察他人用心的我，伏見刻意碰了碰我的肩膀。

「如果理由單純只是想跟你一起上學，這樣難道不行嗎？」

伏見羞赧地問道，一大早就用這種表情進攻未免太卑劣了……

我決定盡量不要把內心的感受表現在臉上。

「唔，嗯，我是沒什麼問題啦？」

「那太好了。呼呼，感覺小諒也很高興呢。」

為什麼會被她看出來啊。內心隱藏的事被對方識破這簡直是最遜的狀況了……

看來伏見似乎對「青梅竹馬」的儀式感相當執著。

我們通過驗票口，搭上到站的那班開往學校方向的電車。由於今天車上旅客也很多，載客量可說是相當高。

雖然還不到動彈不得的程度，但已經很明顯類似小朋友玩你推我擠遊戲的狀態了。

「嗯啾……」對早晨通勤電車求生之道一無所知的伏見，不禁在人牆之中發出呻吟。

由於她幾乎要被粉領族跟男性上班族們壓扁了，所處空間比較充裕的我主動伸手把她從人堆裡拉出來。

「謝、謝謝……我還以為自己要被壓成紙片人了……」

「不客氣。」

我背對著那堵人牆，雙手撐在車門上確保空間，避免伏見又被壓扁。

「小諒這個動作好像在用雙手『壁咚』唷。」

「我也沒辦法啊，妳忍耐一下吧。」

「沒事啦，我隨便說說的。謝謝你。」

這樣臉靠好近。因為我沒膽一直正面盯著她，只好刻意把臉別開。話又說回來，她身上好香啊。是洗髮精那種潔淨的香味。

我像是個修行的僧侶般保持無心的狀態，還剩下兩站……剩下兩站……就像在唸佛號一樣不停在心中反覆詠唱。

我心裡想著不如專心看窗外的風景吧，然而當我將臉擺回正面時，電車突然劇烈地搖了一下。

就在這一晃動，雙方的臉瞬間貼近，還撞在一塊。

哎、哎呀，剛才，碰到了？對吧……？

由於只有極短暫的一瞬間所以幾乎沒什麼感覺，說不定只是錯覺——

「～～～～！」

伏見滿臉通紅且嘴唇抿成了V字形。

這眨眼的速率也太驚人了吧！她此刻內心正大為動搖，應該是這樣吧？

所以剛才碰到的那一下——應該不是我的錯覺囉!?

結果原本她最警惕的色狼，竟然就近在眼前！

充分理解事態後，我的臉一下子發燙起來。

「對、對不起！那個，剛才我不是故意的——」

「小、小諒……沒、沒親到吧……」

「沒有，沒有。對了，剛才是撞到哪裡啊？」

「這、這裡吧……」

她指著眼睛下方……大約是顴骨一帶。

「真、真是的……好丟臉唷……」

伏見發出了飽含糖分的嬌嗔，接著撲通一聲把頭靠在我的胸膛上。

「真抱歉啊。」

我一邊道歉，一邊摸著她的頭。

「沒、沒關係啦……？原諒你……」

她輕聲細語地這麼答道。伏見貼在我胸膛上的腦袋兩側，此刻耳垂還是紅的。

抵達距離學校最近一站的廣播聲響起，電車也隨即停下。

身著跟我們同樣制服的學生們魚貫下車。當中還有人注意到我們，對我們投以好奇的目光。

因為臉孔低低垂著，大家應該看不出她就是伏見姬奈吧。

等要下車的人全都走光了，我才對伏見出聲道。

「我們也差不多該下去了。」

然而，那顆不願從我身邊離開的小腦袋，此刻只是稍微晃了晃。蓬鬆柔軟的秀髮也隨之搖曳。

她好像在搖頭。

「耶……可是，這樣我們會遲到喔。」

嗯——伏見點點頭。然而正催促她下車的我，制服袖口卻被她緊緊揪住。

「……人家還想，跟你一起搭。」

電車的廣播響起，車門發出噗咻一聲再度緊閉起來。

9 慣犯與好學生

由於曠課這種行為，對我而言並不稀奇，因此當伏見表示想跟我繼續一起搭車時，我並沒有什麼抗拒的感覺。

方才車內還有一大堆跟我們同校的學生，但如今就只剩下我跟伏見而已了。剛好有空出來的座位，我們便並肩坐下。

「……怎、怎麼辦，我把小諒帶壞了……」

「什麼帶壞，妳也太誇張了吧。」

啊哇哇——看到伏見焦急地眼中帶著淚光，我忍不住輕笑道。

等下要去哪裡？還想搭多久？這些我全都不清楚，而且就算問她也肯定得不到明確的答案吧。

根據我記憶所及，伏見應該從來沒遲到或請假過。

「反正我經常蹺課，妳不必在意。」

「我知道。」

一站、兩站——電車距離學校最近的一站越開越遠了。

「我原本不打算這麼做的。」

對不起——伏見道歉了好幾遍，每次我都安慰她不要緊。

「我就算了，伏見要是沒跟學校聯絡就突然遲到，恐怕會引發騷動吧。」

「嗚嗚……很可能。」

就說是肚子痛好了……她在我身邊這麼喃喃說著。

這個藉口還是很拙劣啊。

我找出手機聯絡人裡的學校電話，並告訴伏見。

「為什麼你的聯絡人裡面會有學校啊？」

「因為我經常為了蹺課而編理由打過去啊。」

「哇，小諒什麼時候變成這種不良……」

「我還是跟小時候一樣可愛吧。」

為了打電話，我們先下車一趟。

這裡是終點站的前一站。

我發現伏見想在月臺上撥號，立刻警告她「喂喂，在這裡打，對方會聽到車站廣播聲的」，並建議她去洗手間打。

「啊，對喔！真不愧是習慣蹺課的人——」

「還好啦。」

伏見花了大約五分鐘辦完事，並從洗手間返回。

「大概是學校職員來接的吧？我請對方轉達給若田部老師——」

學校那邊似乎非常乾脆，連請假的理由都沒問。

「對方只說『好的好的知道了』而已。」

「如果是我就會被追根究柢了……一年級的時候明明我也不會被追問的……」

「這就是信用程度的差別吧。」

「可惡……」

啊哈哈，伏見不禁笑了出來。

「既然難得有這個機會，要不要在這附近稍微散步一下？」

既然伏見都這麼提議了，我們便走出車站大廳，在附近的街道上閒逛。

大概是終點站靠近山麓的緣故，這座車站附近的建築物並不多，視野所及的車輛只有停在站前迴轉區的幾輛計程車而已。

伏見信步前行，享受散步的樂趣。

原本還擔心會不會被警察抓去輔導，看來是杞人憂天了。

不要說警察了，這一帶連路人都沒幾個。

「啊，是海潮的香氣。」

一股黏膩的濱海氣息襲向鼻尖。

「耶，海？這附近有嗎？」

「可能有吧。」

我們又信步走了一陣子，遇到一條車輛較多的國道，在馬路的後方就是防風林。

從樹木的縫隙間，可窺見白色的沙灘與蔚藍的海水。

「是、是海——!!」

「妳也太大聲了吧!?」

伏見就像第一次看到下雪的狗狗一樣興奮。

「小諒！你、你、你看嘛，就在那邊！」

「稍微冷靜點吧。」

「因、因為太久沒到海邊了，所以不自覺就激動起來！」

迫不及待的伏見雀躍地衝了出去，我則喊著「喂，等一下」並自後頭追趕。

通過斑馬線，再穿越那層防風林就來到沙灘。

「哇……！」

她應該也不是第一次來海邊吧，但伏見此刻卻感動得雙眼閃閃發亮。

一邊用手按住被海風吹亂的秀髮，她一邊走向被陣陣海水嘩啦嘩啦拍打的岸邊。

除了不是第一次來海邊外，跟我一起來海邊也不是第一次了。

我記得小學時代，我們就曾在暑假去海邊玩。

當年伏見在沙灘上畫了一把相愛傘，並要求我在底下寫上自己的名字，於是我照辦了。接著，伏見很害羞地在傘的另一邊下方寫了她的名字，這件事我還記憶猶新。

『諒♡姬奈』

現在回想起來，自己當初怎麼會做出那麼丟人的事……

時間來到早上九點半，班上其他人應該都在上第一堂課了吧。

「哇哇——」

一陣強風忽然襲來，位於我前方的伏見立刻死命壓著裙子。

我見狀褪去了制服上衣，並遞給伏見。

「妳把這個纏在腰上吧。不然我的眼睛都不知道該往哪擺。」

「這樣制服會皺掉唷？」

「那種小事，不必在意啦。」

「……嗯，謝謝。」

就如同茉菜經常把開襟針織衫綁在腰際般，伏見也用我的制服袖子在腰上打了個結。

接著她拾起地上的木棍，不知在沙灘上寫著什麼。

『喜歡？』

她默默轉向後頭我這邊。

「嗯，也對，我就知道妳會這麼想。」

「耶——」

她嚇得肩膀頓時縮了一下，不過馬上又露出羞赧的笑容。

「果、果然，被你發現了……？」

「看妳剛才興奮成那個樣子，任誰都看得出來吧。」

「咦？」

伏見的表情恢復嚴肅。

「妳是說妳喜歡海邊吧？」

「……耶？」

她的臉龐完全陷入陰霾。

「不是在討論海邊嗎——」

「才不是。」

接著她又一臉氣嘟嘟的。

但可能是終於覺得害臊了，伏見的臉頰染上了紅暈。

這些在學校難以見識到的表情，在我眼前快速轉換著。

「……討厭……你這個笨蛋……」

她露出又氣又羞的模樣，自下朝上楚楚可憐地仰望我。

所以是喜歡我嗎？——這個問題，我問不出口。

要是會錯意了該怎麼辦？事實上她只是想找我商量關於戀愛的煩惱之類的。可能的情況太多了。

不過假使真是那樣，為什麼她會看中我？

畢竟，伏見可是在學校裡最受歡迎的女孩子。

我們只是單純的青梅竹馬關係。要是她真的選了我，理由就只有那個而已。

比我更好的傢伙，在那些向她告白的人當中一定還有很多吧。

「那，你覺得我指的是誰呢？」

伏見露出促狹之色，反過來對我問道。

⑩回首過往

「有個很帥的年輕男演員，暱稱跟我的名字諒發音一樣，類似這樣嗎？」

我的這番回答，似乎與事實相去甚遠，只見伏見瞬間正色，接著又用力翻起白眼。

「嗯，對啦對啦。」

她的語調非常冷漠。

如果她像動漫裡面的那種青梅竹馬直接說「我喜歡小諒」的話，我一定不會聽不懂。

因為我們原本就關係匪淺，過去兩個人總是經常在一塊。

只是，我們從中學到高中的前一陣子為止，幾乎沒說過什麼話。

既沒有什麼早上來叫我起床，也沒有什麼一起上下學這種事，更不曾推動兩家人進行交流。

等心情恢復平靜後，我找到一段石階坐下。

而伏見也踏著小碎步尾隨於後，來到我的身旁。

她弓起雙腿抱著膝蓋而坐，纖細的身軀看起來更嬌小了。

彷彿要躲避我的視線般，還將臉孔埋進自己的膝蓋間。

「喜歡辣妹的小諒。」

「就說了，那是一場誤會啊。」

到底要我說幾遍才懂呢。

「那個，可能小諒不太清楚這件事，其實，我還滿受異性歡迎的。」

「這件事，我早就知道了。」

她有這種自覺也是很正常的，畢竟來追求的人數量太多了。

「知道我被某人告白以後，你難道沒有任何感想嗎？」

「怎麼可能沒有。」

關於這點，其實我心裡還有滿多話想說的。

伏見似乎大感意外地挑起眉。

「真的嗎？」

「當然是真的。雖說我很難想像，伏見跟某人交往的樣子，不過追妳失敗的人實在太多了，總覺得那傢伙最後一定又會被妳拒絕的。」

「就只有這樣？」

「這種事遲早會習慣的。不過在習慣以前……」

我宛如在回首過往般抬頭望向遠方。

當初也不知道是什麼時候開始習慣的，不過直到中學一、二年級時我都還在適應。

「在習慣以前，總覺得心裡很不是滋味。畢竟，那些傢伙只是因為妳長得好看，外表很可愛之類的膚淺理由就來喜歡妳，向妳告白了。」

如今回想起來，中學男生會傾慕一個異性，基於長相或「外貌」協會真是個再充分不過的理由了。

「嗯，的確，那樣子是很膚淺。明明我跟對方連一句話都沒說過，對方就表示喜歡我。我頂多只知道那個人的長相跟名字而已耶——經常遇到的，都是這種情形。對方給我的感覺就跟喜歡什麼偶像藝人差不多。」

我可以理解伏見想表達的。

沒錯，連聊天都沒聊過的異性突然跑來告白，並逼迫你回答YES或NO的話，大部分人都會選後者吧。

「因為不管來的是何方神聖都被伏見拒絕了，就抱著死馬當活馬醫的覺悟衝衝看——那些男生們的心態最後就變成類似這樣了。」

感覺對伏見告白的心理門檻被降到很低的程度。

「唔——膚淺，太膚淺了……如果對方是真誠表達心意，我也會認真考慮的，但那種半開玩笑的告白……一點誠意也沒有，而且明明彼此根本不太認識，我怎麼可能會答應嘛。」

伏見拒絕異性的理由，我越聽越能夠理解。

雖然不是所有追求者都這樣，不過像那樣的傢伙占了大多數。

「剛才，小諒不是說你內心很不是滋味嗎？那又是為什麼？」

「對啊，那是為什麼呢。」

「難不成——是所謂的吃醋？」

「怎麼可……」

怎麼可能……真的嗎？

「可愛的姬奈搞不好要被其他男生搶走囉，感覺心裡超不爽的……是不是像這樣呀。」

「我才不是那種優柔寡斷的人咧。」

不過心裡感到不爽這點倒是無法否認啊……

本來這位青梅竹馬有機會變女朋友的，自己的內心難道不會產生些許寂寞嗎？

或者說……這並非因為喜歡對方的心情所造成，而是——不，不對不對不對……

「呼呼呼，小諒好像很煩惱呢。」

「我也不敢說這是喜歡或是愛……不過吃醋嘛，那是肯定的。」

這種感想在她本人面前說出來真是太羞恥了。不過，我保證那是我千真萬確的想法。

伏見彷彿在窺伺我的想法般望向這邊。

「……靠在你身上，可以嗎？」

儘管那是一張早已見慣的臉龐，但可愛的女孩子畢竟就是可愛。

我內心激動到快吐血了，表面還是勉強裝出平靜的樣子。

「嗯，好啊。」

「那我就……」

她稍稍拉近兩人的距離，讓肩膀可以碰在一起。

咿嘻嘻——伏見的臉樂到快融化了。

「不要開心過頭了啊。」

「小諒還不是一樣，表情都樂歪了。」

我也是嗎？

就像在洗臉般，我雙手用力揉起臉。

「……我好像，越來越像個壞學生了。」

「怎麼說？」

© Fly

「……今天很想要像這樣兩個人一直待在外面，完全不想去學校。」

「偶爾不當個優等生也沒什麼關係吧。」

「嗯。那，僅限於今天好了。」

我們就這樣，繼續這趟蹺課之旅。

⑪ 喜愛辣妹發言的功與過

等看過海以後，午餐去便利商店隨便買點東西解決，然後兩人又漫無目的地繼續散步。

這條街上沒有家庭餐廳或速食店，道路兩旁只有綿延的民宅與小商家。

由於車輛及人煙都很稀少，安靜得恰到好處，對於正在閒聊的我們來說再合適不過了。

「那些約定，雖然我幾乎都不記得了，但有一個我還是有印象。」

「真的嗎？什麼，是哪一個？」

伏見的雙眼因欣喜而閃閃生輝。

「升上高中後要初吻那一個。」

「啊唔。」

伏見整個人頓時僵住了。

「小、小諒回想起來的這個，還、還真是有殺傷力呀……」

「與其說是回想起來，不如說是我翻出筆記本發現的。這麼一來，之前妳在我房間的行動就可以理解了。」

「被你識破後，總覺得自己很丟臉呢……」

我也只能回以苦笑，結果這時伏見又坐立不安地低聲問道。

「順、順道一提，小、小諒的初……初、初吻，還、還在嗎……？」

她以欲言又止的口吻，感覺似乎很難啟齒地望向這邊。

幹麼突然使用敬語啊。

每當伏見想要說或問一些難以開口的話時，就會突然變成敬語了。

「……還在啊。」

回答這個問題真是有夠難堪的。

「反、反正我就是沒經驗啦。這麼說好了，妳多少也看得出來吧，像是我在班上的情況。」

「那種事，我才沒法判斷哩。總之，總之我就是確認一下而已。如、如、如果不這麼做！約定就無法履行了，所以要確認！為了小心起見！」

彷彿很慌張般，伏見攤開雙手胡亂揮動著。

這麼說來，伏見也沒有接受過任何人的告白。

難不成那是因為，她已經有在交往的對象了——？

如果真是那樣，那一切都說得通了。

為了避免成為眾人議論八卦的焦點，所以才要像藝人躲避週刊記者般進行祕密的幽會——

「不過，太好了。我也是……那個，我也還沒，所以……」

聽到伏見喃喃細語的這番自白，我不禁再度端詳她。

「騙人的吧。」

「我才沒有騙人呢。這種事騙你做什麼。」

我的視線不自覺集中在她的脣上。

看起來薄而柔軟的那雙脣，如今同樣顯得有些溼潤。

「很意外嗎？」

「……」

這雙脣，還沒有跟任何人……

「……吶？」

如果要堅守約定……就得跟我……第一次？

「我說小諒呀。」

「唔喔喔喔!?——呃，什麼？」

糟糕，剛才看她的脣出了神。

我用力搖晃幾下腦袋。

「我因為老是被人在背後議論紛紛，所以小諒才會不相信我說的話，是這樣吧。」

「啊啊，原來妳指的是那個……」

受異性歡迎的人，果然還是得承受各式各樣的困擾啊。

類似那些困擾，我也真想稍微體驗一下。

「我是不相信那些謠傳啦，不過在學校裡的伏見未免太完美了。除了外表，功課跟運動也很在行，對大家又很親切。但相對地，該說是看不到妳未經修飾的一面嗎，或者說很難猜出妳真正的想法是什麼。因此，大家很容易懷疑妳是不是在隱瞞什麼，他人的這種反應也不是無法理解啦。」

「對於八面玲瓏這點我也有自覺就是了。」

「如果妳在學校，也能像跟我在一起的時候一樣自然，或許大家就會覺得妳更好相處了。」

從我這個幾乎沒朋友的人說出口真是毫無說服力。

伏見的視線落到了自己的腳尖上，再度低聲說道。

「可是，那是因為……小諒是特別的……」

她竟然吐出了如此高殺傷力的臺詞。

「你怎麼了？」

但她本人對此似乎毫無自覺。

還是姑且先換個話題吧。

「我記得中學一年級的暑假過後，妳的穿著打扮都變華麗了。甚至還開始化妝什麼的。」

就連制服裙襬都變短了。

「啊——好懷念呀。那件事，小諒竟然還記得這麼清楚。」

我回憶起跟伏見的過往——光是這麼做，就能讓這位青梅竹馬感到無比愉悅。

「呃，那是因為感覺太不自然啦。雖然妳那樣也很好看，感覺就像小女孩一夕之間長大了。不過當初我還私下以為妳暑假來了個大變身哩。」

「那才不是什麼暑假大變身呢。因為我也自覺那不太適合我，所以我很快就放棄了。」

事實上我根本不喜歡什麼辣妹，所以伏見變成那樣我才會覺得很不習慣。

「那一陣我母親還很擔心，說姬奈是不是交上了什麼壞朋友之類。」

「我、我也記得……甚至鄰居們都開始謠傳了……」

附帶一提，我家的老妹倒是只要稍微做點好事就會被鄰居們大肆誇讚。

明明是辣妹卻會有禮貌地打招呼。

明明是辣妹卻會把腳踏車好好放在停車場。

明明是辣妹卻對鄰居很親切。

……當個辣妹，感覺還滿划算的嘛⁇

明明我也做了一模一樣的事，鄰居們卻從來不曾誇獎我。

「我一直以為，茉菜會變成辣妹，都是小諒的緣故呢。」

「什麼……？」

茉菜那傢伙，難道早就看出了當辣妹帶來的好處……⁉

身邊的伏見則不解地歪著腦袋。

「總覺得小諒沒聽懂我的意思耶……？」

我們像這樣聊著聊著，不知不覺走完了一個站的距離。

來程途中經過的車站已近在眼前了。

「才剛過中午而已。」

對呀——伏見如此回應我。下午該怎麼打發時間呢？正當我們在討論時，我口袋裡的手機傳出了微微的震動。是母親傳的訊息。

『你今天蹺課了吧。』

……母親怎麼會知道呢，她明明根本不在家啊。

『學校給我的手機留言，問你怎麼完全沒跟學校聯絡。』

啊，對喔……我竟然忘了打自己最擅長的裝病請假電話……

『你到底怎麼回事？』

平常母親的訊息，總是會加入一堆表情符號和顏文字，看起來很活潑，但今天的用詞卻顯示出百分之百的嚴肅。

大概是看我冷汗直流的樣子很不可思議吧，伏見也湊過頭窺看我的手機。

「哎呀糟了——這看起來就很生氣呢。」

「最可怕的結果是，那個聽話的辣妹茉菜，會在母親的指示下不給我做晚飯。」

「嘩噠——」

伏見這什麼反應啊，又不是功夫片？

「要不然走吧？我們去學校。」

「對、對喔。就算過了中午，只要有去學校，基本上只會被記遲到。」

是說，蹺課的事實依然沒變就是了。

「抱歉，都怪我粗心大意。」

「不必在意啦。反正我們坐隔壁，今天一起消失的事鐵定已經被別人發現了。」

欸嘿嘿，伏見羞赧地笑了。

⑫ 令人不快的推卸責任氣氛

『葛格，你完蛋了』

茉菜傳了一則簡短的訊息過來。

那是發生在，我試圖搶先將編造好的藉口傳給茉菜，且還在手機螢幕上輸入訊息的時候。

她這句文章的後面，被許多打叉跟貌似魔鬼的表情符號淹沒了。

咕噗……慘、慘了。

這下子，真的要陷入沒晚飯吃的結局了……！

我跟伏見就像是大老闆上班，不對，應該說是像大學生上學一樣，直到下午第二節才到校上課。

由於剛好是導師的英語課，遲到的事不可能不被追問。

對伏見的質問相當隨便，但身為慣犯的我可就被重點對待了。

「高森，你又遲到了？什麼時候到校的？」

「呃，剛剛……」

「沒跟學校聯絡也沒關係，反正吃虧的是你自己嘛──」

導師諷刺地說了一句後，便掛著爽朗的笑容開始上課。

那副模樣簡直就像全身上下都充滿了先前的嘲諷之意。

隔壁的伏見又把課桌靠過來。

臉上依然是那種超然脫俗的公主微笑。

「我忘了帶課本了……可以借我看你的嗎？」

「好啊。」

是說，我剛才已經注意到了。

她的英語課本，明明曾在課桌上出現過？然後，她好像又突然想起什麼似地把課本收進抽屜了？

「太好了，幸好小諒有帶課本來。」

伏見用一本正經的表情，說著如此破綻百出的謊言。

……她本人先前才說過，自己都快變成壞學生了。

我把課本放在兩張桌子中間，隨便抄了抄講臺上的板書，一邊輸入要傳給茉菜的謝罪文。

「怎麼了嗎？」

「看來我真的快沒晚餐吃了……」

訊息一傳出去，立刻就收到回應。

『對我道歉不會覺得毫無意義嗎？』

茉菜說得對。

只有對母親磕頭謝罪才有用。

正當我在思索訊息內容該怎麼寫時。

「高森，這個空格，你覺得該填什麼——？」

哇靠，竟然點到我!?

「呃那個……」

剛才，我根本沒在聽課啊——！所以說，老師是看出這點才故意叫我的！

只見導師臉上浮現不懷好意的笑容。那傢伙，絕對是個虐待狂。

上課不認真的同學就會淪落這種下場——老師全身都透出這種殺雞儆猴的氣息。

不論怎麼掃視黑板或課本，我都完全猜不出答案。

咚咚——這時伏見輕敲了課桌幾下。

在我一片空白的筆記本上，她寫了一些字。

『what』

我偷偷低頭看了一眼，輕輕點了點頭。

「答案是 what。」

看來好像是正確答案。

老師像是在看一個壞掉的玩具般，露出了冰冷的目光。

太無趣了吧——這彷彿是她的感想。

「……是嗎？那麼遇到這種句子的時候——」

一瞬間被打斷的講課重新展開了，我這才大大鬆了口氣。

『Thank you。』

『不客氣。』

伏見露出了滿面春風的得意笑容。

『下次可要小心一點才行唷？』

『我知道。』

『小若的目光還真犀利呀。』

所謂小若，就是指如今在我們前方上課的若田部老師。

我對伏見的看法深有同感。

好比說，上課打瞌睡的傢伙，跟鄰座交頭接耳的傢伙，或是根本沒在聽講的傢伙，全都會被她看穿，一個個收拾掉。

從去年開始她就是這樣了，絲毫不能大意。

做為今天課程的收尾，老師發下卷子讓我們練習。

……好吧，我就隨便把空格填一填。

這時，伏見冷不防朝我這邊的課桌探出身子。

大概是彼此身體距離太近吧，她每個動作都會有柔和甜美的香氣飄向我的鼻尖。

「呃那個，關於這題——」

「沒、沒關係啦，不必管我怎麼寫。」

「咦，可是……這題只要看課本就知道答案了。」

是、是這樣嗎？

「就在課本的，這一頁，這句英文完全一樣——」

伏見還細心指導我解題的方法。

明明是在上同一堂課，理解力的差距竟有如天壤之別……

我跟伏見從小幾乎都是在同一個班級接受同樣的老師授課，到底是出於什麼原因才會造成如今的差別啊。

「這麼一來，小諒的卷子就沒問題了。」

「伏見，妳的腦袋真好。」

「欸嘿嘿，對吧？你可以再多誇獎我一點，我不介意唷？」

說完她害羞地笑了。

「下一堂課是導師時間，要來選班上的幹部喔。因為還沒搞定的就只剩這件事了，大家如果不選出一個就不能放學回去喔。」

結果，當這堂課快結束之際，老師突然冒出這番話。

昨天雖然也選過了，但包含班長在內，全部的職位都難產了。

以班長為首，其他還有衛生股長、圖書股長、健康股長等班級幹部，職位多到班上幾乎有一半人得擔任某項職務。

不過就是這一半人會累得半死，因此這種麻煩的苦差事大家都不願意承擔，去年還是以抽籤決定的。

「小諒，你要當幹部嗎？」

「如果可以的話，我是絕對不想當啊。」

就是說呀——伏見如此回應。

將課桌搬回原位後，這位學校第一的美少女立刻被數名女同學包圍。

有人在聊班級幹部的事，有人在問伏見遲到的理由，她們七嘴八舌地討論著。

受歡迎的人還是一如往常永遠閒不下來啊。

等上課鐘一響，老師又回到班上。

她在黑板上劈里啪啦列出各股長的名單。

每個職位都需要一男一女。

老師將摺椅的椅背轉向前，採取倒坐的姿勢。

「大家去年是怎麼選出來的？抽籤？不好，抽籤這種方式一點戲劇性都沒有，簡直是無聊死了……」

戲劇性？什麼戲劇性啊？我完全聽不懂老師在說什麼……是說，我猜其他同學也跟我有相同的感覺吧。

「我明白。戲劇性……很重要……」

結果鄰座的青梅竹馬卻表示強烈贊同。

班上所有人的共同意見，想必是迅速草草選出一個名單，讓大家可以早點放學回家，應該沒錯吧。

「先從班長開始，毛遂自薦或推薦別人都可以喔——」

『小諒，要不要我們一起當同一個幹部？』

舉例來說，伏見如果推薦我當班長。

換個角度想像一下，似乎也沒那麼不快或痛苦吧。

假使我真被某人指名推薦，我也不會反應強烈到要嚴詞拒絕的程度。

「……那麼。」

我輕輕舉起手，老師的雙眼瞬間瞪大。

「喔，喔喔喔，真意外！竟然是蹺課王子！太驚訝了！」

什麼蹺課王子。

好吧，反正也沒說錯我就不計較了。

「雖然有點草率，不過如果我有這個機會的話。」

「當然沒問題！大家鼓掌。」

老師爽快地表示，並率先拍起手。教室中跟著響起了稀落的掌聲。

「小諒，你竟然選了班長，真叫我大吃一驚耶。」

「反正一定要有一個人當，我想我應該也可以吧。」

感動得一直眨眼的伏見，此刻似乎下定了什麼決心般用力點點頭。

「那麼下一個，女生——班長的女生部分。」

剛才班上還是一片死寂，但如今平衡被打破後底下冒出竊竊私語聲。

「高森當班長啊……真是意想不到的展開。非常好，充滿了戲劇性——」

這位卅多歲的英語老師心滿意足地點點頭。

「有！」「這邊。」

當伏見舉手的同時，有另一個人也出聲了。

「喔喔……伏見跟鳥越……」

咦？鳥越？

「鳥越同學？」

我跟伏見幾乎同時轉頭看後面的座位。

我那位午餐之友鳥越，正以一臉恬靜的表情舉起手。

⑬ 安全牌

伏見跟鳥越一起舉手這件事，在教室內掀起了異樣的騷動。

「「「喔喔喔喔……」」」

「靜默美人跟公主的單挑嗎……」

「加、加油吧，傳聞中『其實是美少女』的鳥越……！」

男生們口無遮攔地在底下交頭接耳。

在這種氣氛當中，鄰座那位青梅竹馬，則是露出了彷彿劍士要對決前的凜然表情，努力伸直舉起的手。

看這種表情，她是不肯退讓了……

「怎麼辦，怎麼辦？妳們要私下討論嗎？如果用猜拳或抽籤會不會太無聊啦？」

很期待戲劇性的導師，這時說出了煽動她們兩人的話。

這該怎麼辦才好？我彷彿事不關己般交替望向那兩人。

「……我讓賢給伏見同學。」

鳥越的手倏地放下了。

呼嗯呼嗯，伏見的鼻子發出了哼嗚聲，臉上則寫著「勝利」兩個字。

「啊……是嗎？那麼，班長就由高森跟伏見擔任囉。」

老師正式宣布道，大家的視線都集中到我們身上。就在這時，原本還在用鼻子噴氣的伏見，不知不覺已換上了溫婉的微笑。

表情跟剛才截然不同。伏見，妳也太強了吧。

我們兩人走上講臺，接手擔任幹部選舉會議的主持人。

「既然有伏見幫忙料理剩下的事，那我不在場也無妨了吧。」

小若老師似乎很放心地說道。那我呢？喂，還有我咧??

「那麼今天剩下的時間就交給妳啦。」語畢，導師走出教室。

等老師一離開，現場的氣氛立刻變得輕鬆。大家紛紛閒聊起來。

「下一個職位，衛生股長──有人想當嗎？」

伏見推動會議的進行，我則擔任輔助。這種方式想必會較為順利吧。

實際上，可能是伏見的影響力所致，班上的幹部職位一一被選出來了。

「悠人要不要也當幹部……？」

「真是的，沒辦法啦。」

就像這樣，也有些股長的男女雙方是由情侶占據。

「去！」「啐！」「呸！」「噓——」「呿！」

看到那對戀人打情罵俏的模樣，教室響起了此起彼落的不滿聲浪。

像那樣公然放閃簡直是……

這就是班上那些高調群體中的情侶吧。

「教室是公眾場所……像這樣以喜歡為理由而擔任同一個股長……」

我無奈地搖搖頭，並用底下所有人都聽不見的音量咕噥道，但站在我隔壁的伏見好像聽到了。

……她露出了非常悲傷的表情！

「果、果然是這樣……這種理由，簡直是太差勁了……」

她的眼眸逐漸溼潤起來。

咕嚕——淚珠幾乎要從眼角滾出來了。

「怎麼啦伏見！大家都在看耶，妳冷靜一下吧——」

我低聲這麼說道，伏見也仔細觀察四周。

咻咻咻——她的眼眸立刻變乾了。

把眼淚吸回去也太神速了吧，難道妳是名演員。

附帶一提，剛才那個似乎被評為傳聞中「其實是美少女」的鳥越，最後當了圖書股長。

很像。嗯，太契合她的形象了。

我仔細端詳底下的鳥越，但還是感覺她的臉缺乏深刻印象。

那是因為，我幾乎沒跟她面對面交談過，而中午吃飯時也沒看著彼此的緣故吧。

當然遇到鳥越時我還是能認出她的長相，不過如果她不在面前要我回想她長什麼樣子，那就得花上一點時間了。

砰咚——一名男同學這時拎著運動背包站起身。

「吉永同學，你要去哪啊？」

伏見也立刻出聲詢問。進入這個新班級明明還不到一個禮拜，她竟然已經能記住同學的長相跟名字了。

「幹部都已經選完了，那現在可以去社團活動了嗎？」

「咦？可是下課時間還沒到……」

這堂導師時間是今天最後一節課，而選舉班級幹部則是其最大的目的，況且導師小若自己都先溜掉了。

還剩下剛好十分鐘就下課了，我們可能有點太快把幹部選完了吧。

這是我的想法。

不過，伏見似乎並不這麼認為。

「還有什麼事要討論嗎？」

「是沒有了……」

伏見認真死板不肯輕易通融的個性好像還是跟以前一樣沒變。

「那不就結了。」

有點不爽的吉永這麼說道，令伏見陷入沉默。

剛才小若還說，剩下的時間要交給伏見來負責。

而且，伏見還深受老師的信賴。

背負老師的信任以及班長的職責，各式各樣的壓力加諸肩上，伏見這時也無法把內心的想法順暢表達出來了。

「只剩下十分鐘了，請在座位上隨便打發一下時間，拜託了。」

我微微朝對方低下頭說道，教室變得一片寂靜。

哎呀……難道，我說了什麼奇怪的話……？

喀噠，底下傳來課椅被拖回去的聲響。

「……我知道啦。剛才一時衝動真不好意思。」

砰──吉永把背包扔回地上，重新坐回自己的位子。

「多謝。」

很明顯可以聽到，教室所有同學不約而同發出了安心的一嘆。

緊接著，充滿好奇的視線就向我這邊集中過來……

「這傢伙，是會說這種話的人物嗎？」好像還有人這麼說。

我也知道剛才那樣不像我的作風，不過沒關係，就是因為伏見很困擾我才那麼做的。

「小諒，謝謝你。」

「別放在心上。」

跟伏見交情不錯的一個女生……也是去年跟我同班的倉野，這時發出「喂喂喂」的聲音問道。

「姬奈同學，妳跟高森同學好像感情很好耶——」

眾人聽了為之一震，主要是男同學發出了類似殺氣的玩意。

升上新班級以來，這個話題尚未有人敢輕言觸及。

除了那些殺氣騰騰的男同學，女同學們則是一副興致勃勃的模樣。

「是啊，嗯。因為我們是青梅竹馬。」

不清楚這項資訊的人似乎很多，尤其是那些男生們，殺氣倏地消失了。

「難怪交情那麼好。」

「青梅竹馬……」

「青春的標準代名詞……」

「不過……一定是那個吧。」

「嗯，鐵定沒錯。」

「『不論怎麼樣，最後都絕對不會交往的類型。』」

伏見聽到這個結論也咯咯地笑了出來，還露出促狹的表情故意對我問。

「小諒，你認為呢？」

「嘎……為什麼要問我啊。」

對呀為什麼呢——？伏見浮現出似乎很愉悅的笑容。

⑭南瓜田

高森跟伏見是青梅竹馬——

明明才剛放學沒多久，這個訊息就被廣泛散播出去。

可能也因此，伏見跟我一塊回去被大家認為是再自然不過的事了。

在此之前，總是對我投來「那傢伙是何方神聖？」眼神的其他男同學們，也由於青梅竹馬這個偉大的頭銜，將我的定位視為是一張安全牌。

「那傢伙是青梅竹馬所以不要緊。」「我們的偶像不會被搶走。」像這樣的視線變多了。

既然如此，所謂射人先射馬——或許是有人產生了這種念頭吧，就在從教室到正門樓梯口這段短短的路程上，想先跟我打好關係的傢伙也冒出來了。

「本校的公主大人影響力真是非同小可啊。」

說穿了，我的地位不過是公主的隨從罷了。

「咦？你說什麼？」

伏見歪著腦袋一副大惑不解的樣子，我則若無其事地搖搖頭。

離開學校，踏上回家的歸途。

「小諒，關於吉永同學那件事，真是謝謝你了。」

「什麼嘛，妳太客氣了。而且之前就已經道謝過了。」

「不不不，我想再表示一次。這次又是小諒伸出援手。」

那也不算什麼了不起的事吧。

「嗯，那些運動社團快要去參加春季大賽了，所以才會那麼拚命。不過話又說回來，伏見，妳還是跟以前一樣死腦筋耶。」

「咦，騙人，我才沒有那樣呢。我這樣子很普通，很普通吧。」

天曉得啊。

「你、你那是什麼眼神……」

「我、茉菜，還有伏見妳，曾經要分一個奶油蛋糕，那是很久以前的事了。」

「有嗎？」

「因為沒法平均切成剛好三等分，妳還急得哭了起來。」

「──我、我怎麼完全不記得了？」

身為伏見姬奈黑歷史筆記本的我，對她這種慘遭滑鐵盧的事件可是過目不忘。

「對了對了，妳還因為上頭的草莓沒法分配，大哭大叫到我跟茉菜都快嚇死的程度。」

「我、我沒印象，我不記得唷！那種事跟我無關！」

伏見刻意別開臉，連忙撇清關係。

她的這種反應，代表要不是她本來就記得，就是聽了我的話以後突然回憶起來。

「我並不是在嘲笑妳啊，只是覺得妳也未免太嚴肅了。」

「你一定是在瞧不起我……剛才你臉上還露出不懷好意的笑容……」

羞恥心或者憤怒，要不然就是這兩者同時，讓伏見面紅耳赤地翻起白眼瞪著我。

「……是說，重要的約定你明明都忘了，為什麼唯獨這種無聊的事還記得那麼清楚嘛！」

大概是我剛才玩笑開過頭了，伏見回頭給我一個強烈的反擊。

被她這麼一問，我連半聲都吭不出來。

「所謂的約定，到底有幾個？」

「竟然從這個問起？討厭……就跟煩惱的數量差不多吧。」

「真的假的。」

那不是超過一百個了嗎？這麼多誰記得住啊……

我唯一的救命法寶就是那本筆記了，但那是寫在我小學時代的上課筆記本裡。

假使仔細再找一遍，搞不好會翻出另一本專門記約定的筆記，但我目前唯一有印象的就只有那本了。

搭電車抵達距離自家最近的車站後，伏見率先通過驗票口，接著她一個轉身，裙襬飄逸地回頭對我說。

「今天就在車站前道別吧。」

「嗯，好啊。妳還有其他地方要去啊？」

「咦？是呀，呃，嗯，就跟你說的一樣！」

伏見的回答模稜兩可又語焉不詳。

表情也好像有點僵硬的樣子。

「要去哪啊？」

「去、去哪裡都是我的自由吧——」

太可疑了……不過，既然她有難言之隱，我也不好再繼續追問下去。

我假裝沒看到伏見冒出的冷汗，逕自在站前分道揚鑣。

「今天這回可是真的完蛋死翹翹了。」

站在廚房裡的茉菜，語氣是前所未有的冰冷。

「哎呀哎呀，茉菜，那部分只好請妳盡量幫忙。」

正在用菜刀切東西的手停下了，茉菜轉頭看向我這邊。

留著那種過度裝飾的美甲不會很難做菜嗎？我之前也這麼問過她，結果她說「這

個問題太菜了」。真抱歉啊，我對時尚就是一竅不通，那麼時尚達人又會怎麼提問呢？

「那是絕對不可能的，媽媽一定會狠狠責罵一頓。你到底蹺課去做什麼啊？」

「……呃，那個……我電車搭過站了……」

「搭過站再反向搭回來不就好了？只要立刻折返也不至於遲到吧。」

咕，這傢伙，明明是辣妹腦袋卻那麼靈光。

是伏見她主動要求跟我繼續搭電車的——這種事我說不出口。

「葛格在偷笑什麼？」

「我、我才沒有咧。」

然而，今天我闖的禍是真的太大條了。儘管是自作自受，但沒晚飯吃還是太痛苦了。

「那麼我只好吃零食之類的了。」

「葛格先前擅自偷吃掉的洋芋片就是最後的存貨了，後來都沒補充。」

簡直是走投無路啊。

今天一整夜，只好像顆閉上的蚌殼般乖乖待在房裡熬過了……

本來想說還可以去便利商店解決，但我的錢包似乎已經沒有餘力了。

就在這時，我的手機發出「叮咚」一聲，好像有人傳訊給我了。

『我現在過去你那邊。』

是伏見傳來的，現在的時刻已經快晚上七點了耶。

『我都可以，不過有什麼事嗎？』

對方雖然已讀了，但沒有發出任何回應。

過了一會，家裡的門鈴聲響起，我趁茉菜還沒出來前搶先將玄關打開。

「怎麼了嗎？」

「……呃，這個給你！」

鏘鏘——她口中發出昭和年代的老套音效，並將一個以手帕包裹的箱狀物體遞出來。

「我幫小諒做了便當。」

在我眼裡看來，伏見此刻的笑容簡直像是背後帶著佛光啊。

「謝謝妳特地為我伸出援手。」

「小諒好像說過今天可能沒晚飯吃了，所以我才——」

此刻伏見身上還穿著制服呢。

也就是說，她剛才一放學就跑去超市買食材做料理囉？

為了我……

正當我深陷感動之時。

「你不必那麼感激啦……是我自己想幫小諒做的。」

她又露出了在學校從不展現的羞赧笑容。

「要、要進來嗎？」

「不用了。我來得太突然，而且現在這個時間也不太禮貌。」

伏見嫣然浮現天使般的笑容，揮手說了句「明天見」便離去了。

「她親手做的便當……」

我馬上返回房間準備大快朵頤。

猛然掀開蓋子，眼前被一片棕色所覆蓋。

原來是燉南瓜，裡頭裝得滿滿都是。

「便、便當……？這不會是多出來的剩菜吧……？」

不知道是哪一個。不過她本人說這是便當就是了。

雖說燉南瓜我也滿喜歡的——但看到這樣還是很難欣然接受啊！

『要多吃一點唷！』

伏見大概認為這份便當驚喜獲得巨大的戰果了吧。

就某種意義來說，的確讓我很吃驚就是了！

『我突然想到小諒以前說過愛吃這個。』

但也要顧慮到分量的限度跟菜色的平衡啊！

這已經不叫便當了，應該叫一盒南瓜才對。

「好吧反正是我愛吃的所以沒關係……況且肚子也餓扁了。」

儘管嘴裡念念有詞，我最後還是把燉南瓜一掃而空。至於味道嘛，也算是滿好吃的吧。

⑮ 模範青梅竹馬

「葛格，姬奈姊姊好像來囉？」

我感覺好像聽到這樣的叫聲，立刻睜開雙眼。

鬧鐘根本還沒響，現在才七點而已。理論上我還能再睡半小時的……

緩緩坐起身，正在思索該怎麼確認剛才那個不是幻聽時，身披圍裙的茉菜已經佇立在我房間門口了。

「姬奈姊姊為什麼跑來呀？」

「我哪知道……」

我看了一眼手機，伏見之前打來是在六點半的時候——

……是有要緊事嗎……？

「……我怕葛格肚子會太餓，所以早飯特別做了更多的分量。」

「Thank you……妳以後一定能當個好新娘。」

雖然外表是辣妹就是了。

「唔，一、一大早說這什麼鬼話！」

總之，穿睡覺的厚棉T也不方便出去見客，所以我換了上衣後才前往玄關。

「小諒，早安。」

「是啊嗯，早安。」

「我是來叫你起床的，結果你已經自己醒來啦。」

了不起了不起——對還處於半夢半醒狀態的我，伏見摸了摸頭。

「就算是來叫我起床，也太早了吧……？」

「會嗎——？我今天是六點半起床的。」

太扯了吧，跟我的時差竟然多達一小時。

從家裡前往學校，把走路跟搭電車的時間加起來只要大約卅分鐘就夠了。

由於導師時間是在早上八點半，只要趕在八點以前出門就絕對來得及。

「因為我們是班長了，我覺得千萬不可以遲到，一大早就突然醒過來。」

她的雙眸已經是明亮有神。相反地，我這邊還是睡眼惺忪的模樣。

伏見已經把自己打扮成那個完美的「伏見姬奈」了。

「在你準備好之前，我可以先在外頭等你嗎？」

「我都可以。」

謝謝——說完以後，伏見就走出玄關了。

現在跑去睡回籠覺風險太大了，我只好去飯廳乖乖享用茉菜準備的早飯。

「她來我們家做什麼？」

「沒事，算是來接我吧？」

「姬奈姊姊是會做這種事的人嗎？」

她的行事風格並不屬於那種標準的青梅竹馬。

不過很久以前，當我們還是小學低年級的時候，她曾做過類似的事。真是叫人懷念啊。

「你們在交往嗎？」

「噗喔!?」

我嘴裡的味噌湯噴了出來。

「沒有，絕對沒那回事。」

我這麼強調完後，茉菜發出「哼嗯——」一聲又迅速看了玄關那邊一眼。

狼吞虎嚥把早飯解決掉，做好上學準備就走出家門。跟正在單手玩手機打發時間的伏見會合後，我們便一起前往學校。

去年，我就觀察過班長的工作，其實也沒什麼大不了的。

包括上課的一開始跟最後要喊口令，收齊大家的作業交到老師那裡，幫老師轉達聯絡事項等，幾乎都是一些打雜跑腿的工作。

雖然在某些活動必須領導全班，但這部分有影響力超群的認真公主負責，根本不是我需要煩惱的問題。

到了放學後，我正坐在位子上寫教室日誌，鄰座的那個女孩卻死命盯著我不放。

「……幹麼？」

「沒事，只是覺得小諒好努力呀。」

伏見笑咪咪地注視我。

被人這樣盯著反而很難做事。

當我將上課情況及內容簡單記錄完畢後，便將日誌啪噠一聲用力闔上。

不知道什麼時候，教室內只剩下我跟伏見了。

大概是看我看膩了吧，伏見此刻就像一隻放鬆心情的貓咪般趴在課桌上。

接下來只要把這個拿去導師那裡，班長一天的工作就結束了。

「午休時間，你都跟鳥越同學聊什麼呀？」

「沒，什麼也沒聊。」

「真的嗎？」

「真的。今天也只是彼此交換『啊，你來啦』的視線，然後就始終保持沉默。」

從以前開始氣氛就一直保持這樣，絲毫不會有不說話就很尷尬的感覺。

「為什麼，鳥越同學也想選班長呢？」

「咦？」

伏見稍稍鼓起雙頰，彷彿我臉上寫著答案般，死盯著我這邊不放。

「當幹部可以加分之類？」

「啊……對喔，明年我們就三年級了。」

雖然這個答案的真偽無法確定，至少我隨口說出的解釋似乎已得到了對方的認可。

我拿起教室日誌跟書包，走在變得安靜的走廊上。耳邊不時隱約聽見管樂社練習發出的聲響。

「小諒也想靠這個加分嗎？」

「會關心這種事的人，平時根本不會蹺課吧。」

「這麼說也有道理。」

真要說起來，當時選幹部的氣氛就像「哪個人快出來頂一下吧」的感覺。

那種推卸責任的心態令我感到非常不快。

甚至我不禁懷疑，就某種角度而言，那些聲音很大的傢伙，擅自發表自己的意見，只是想把當幹部的責任推卸到像我這種人身上罷了。

將教室日誌放在導師的辦公桌上後，我們便離開學校。

窗外烏雲密布，感覺就快下雨了，正當我這麼想著的時候，一顆顆雨滴已經像豆粒般撞擊玻璃窗，拉出許多條雨絲。

等到在正面樓梯口換運動鞋時，雨勢已經大到肉眼清楚可見的程度。

「小諒，你有傘嗎？」

「沒。氣象預報明明說不會下雨啊。」

「呼呼，為了預防這種意外——」

「啊，那邊有把愛心傘！」

在樓梯口的傘架上，插著一把黑色的雨傘。

那把傘不屬於任何人，大家都把它當作公共資源，一旦有緊急情況就可以借來用，只要事後好好歸還就行了，這是同學們的默契。

「耶！竟、竟然有傘。」

「那我就滿懷感激地借用一下囉。伏見，妳剛才本來要說什麼？」

「沒、沒有，我什麼也沒說！」

她的腦袋跟雙手都激烈地左右搖晃。

「是嗎？」我把靠在傘架上的那把傘拿起來打開。兩個人撐這把傘嫌稍小了點，但總比什麼都沒有來得強。

在不停落下的雨點當中，我們步向車站。

「如果不靠緊一點會淋溼唷……靠過來一點，好嗎……？」

「既然如此，這樣可以嗎？」

我把傘讓給伏見拿。

這麼一來她就不會淋溼了吧。

「但這樣就變小諒淋雨了。」

「就算淋溼也只有肩膀的部分而已。」

「不要那麼拘謹嘛。」

我只好怯生生地縮短彼此距離，直到伏見的肩膀始終貼著我手臂的狀態。

「這樣就ＯＫ了。」

靠得這麼近，我可一點都不ＯＫ。

這麼說來，伏見以前曾在教室黑板上畫過相愛傘啊。

『小諒，跟姬奈的，相愛傘！』

『那是什麼啊——？』

『只要這麼做，兩人以後就會結婚唷！』

『雖然我不知道相愛傘是什麼，但總覺得不是那個意思。』

當年伏見記錯的效果竟然直到今天都還深信不疑。

……嗯？

從伏見掛在肩上的書包裡，露出了類似繩子的東西？

「對吧——然後呀——」

伏見正開心地對我說著什麼，但我卻很在意那條繩子的真相。

仔細觀察的話，可以發現繩子連接著類似握把的玩意。

……咦，那不就是折疊傘嗎？

「伏見，妳有帶傘啊？」

「——咦？我……我當然沒帶囉。」

她別開臉這麼回答道。喂，說話的時候看著對方的眼睛嘛。

陷入慌張的伏見，將跑出來的繩子塞回書包內不讓我看見。

「…………」

「…………對了！」

「妳這話題也轉太硬了吧!?」

放棄掙扎的伏見，這時不滿地嘟起嘴。

「有、有什麼關係嘛……只是撐一下下而已……跟心上人，共撐一把傘……我從以前就很嚮往了。」

說完後她好像在鬧彆扭般蹙起眉。

「……人家早就想要體驗相愛傘了。」

她似乎很害臊地這麼咕噥著，臉頰也染上紅暈。

這種在校內見識不到的表情，令我忍不住笑了出來。

「有什麼好笑的嘛——？討厭。」

一臉困窘地這麼抱怨完後，伏見自己也噗哧一笑。

這似乎只是一場偶陣雨，等我們走到車站雨就停了，然而直到我把傘收折起來以前，伏見都一直靠在我的肩上。

⑯大好機會稍縱即逝

當兩人走在回程的路上時，大概是之前我絲毫未提起吧，伏見向我要求關於「便當」的感想。

「咦？便當？」

「對、對呀。你吃了吧？」

「吃完了，非常美味。」

跟依舊烏雲密布的天空恰好相反，伏見臉上綻放出晴朗的笑容。

「是嗎是嗎，覺得很好吃嗎？我想這就是長年累積出的經驗與技藝吧？畢竟我從小就只有那道菜做得特別好吃。」

只有那道菜……？

這算什麼嘛，單點突破型的料理技術？

仔細回想，我從小就喜歡甜食。點心類的當然不用說了，只要是帶了甜味的料理我都非常中意。

「這麼一來，又有一項完成了。」

「完成？什麼完成？」

本來笑咪咪的表情頓時蒙上陰霾，伏見似乎很不悅地翻起白眼。

「又來了……明明奇怪的事都記得很清楚，但只有跟我的約定完全記不得症候群。」

症候群……

「是有約定好妳要做一大堆燉南瓜給我吃嗎？」

終於開始感到不悅的伏見，氣呼呼地把臉撇開。

「既然這樣，我也有幾句話想說。至少在便當裡面加一些醃漬物跟白飯吧。那樣子全都是燉南瓜，就不叫便當而像是把多餘的菜分出來了。就類似家裡某道菜煮太多拿去分送左鄰右舍一樣。」

噗嚕——伏見的臉頰已經鼓得像河豚了。

「你最好不要擺出那種『我的比喻跟吐槽很有趣吧』的表情。」

她的回應莫名戳中我的痛點。

這種反擊，未免太狠了吧。

「我才沒有那個意思。」好不容易我才擠出這句話答道。

要是她都像這樣回擊的話，今後我就再也無法對她吐槽了……！

陷入沉默的伏見，低頭望著自己腳尖，最後終於喃喃說道。

「可是……人家只有那個做得好吃而已……我希望聽到小諒誇獎我的廚藝嘛……」

投降了。這麼一來，我只能認輸。

那番話並不是出於計算，而是發自她內心的肺腑之言。

如果伏見是以理性思考得出的對話，那對我的回應，將會跟對學校們的同學一模一樣了。

她這種真心為我著想的情感，我實在無法苛責以對。

從剛才她所說的「完成」來判斷，那應該又是過去我跟伏見承諾過的約定之一吧，當時的我，一定是說了些「想吃很多燉南瓜」之類的蠢話。

「感謝妳做了，我喜歡吃的料理。」

「嗯……」

「假使下次還有機會的話，妳何不試著挑戰其他菜色看看？」

「我的廚藝可不像茉菜那麼高明。」

「那有什麼關係。更何況，沒有人一開始就很在行的。反正我一定會負責吃掉。」

伏見頓時笑逐顏開。

「那……我要加油囉？」

她只回了這麼一句。

如果還有下次，她一定不會再像這次那樣裝滿一整個便當的燉南瓜嚇人了吧。

為了送伏見，我一路走到她家門口，這時她才好像突然想起來似地問道。

「那個便當盒，你後來怎麼處理？」

啊，昨天吃完以後就放在房間沒動了。

「抱歉，等我洗過明天再還給妳。」

「不用了，拿給我洗吧沒關係的。」

「不，可是——」

「別在意別在意啦。」

不但親手幫我做料理，最後還要把便當盒丟給她洗，這實在讓我感到非常過意不去，然而最後我還是屈服於嘴裡連聲說著「別在意」的伏見之下了。

「那、那麼就當作是交換條件吧……我可以再去小諒家一趟嗎？」

別、別用那麼害羞的表情說話啊。

這樣連我都覺得不好意思了……

什麼事都不會發生。對，一切平安，不會有任何意外。

看準跟女生的交情好，就趁機做出不軌的舉動，這樣的混蛋根本算不上男子漢，我絕對不是那種人。

ＯＫ，我沒有任何異常。全都是綠燈，跟正常狀態一樣。

「可……可、可以是可以啦。」

「為什麼這麼緊張呢?」

「我、我才沒有。」

是嗎?伏見歪著腦袋表示懷疑,我則把這樣的她再次領入家中。

玄關已經擺著一雙我眼熟的學生便鞋。

看來是茉菜先回家了。

我們進門發出的聲響似乎被她察覺了,只聽見茉菜踩著啪噠啪噠的拖鞋聲快步走來。

「葛格,剛才下大雨你——沒事,吧——」

「茉菜,我來叨擾了。」

「啊啊好,歡迎請進……」

被嚇了一跳的茉菜,用力眨了好幾下眼睛,輪流望向我跟伏見。

「葛格……你竟然想把姬奈姊姊帶進家裡,究竟有何企圖……?」

「哪有什麼企圖,妳別瞎說了。是她自己想要過來的——」

就像是要鑑定這番話的真偽般,茉菜猛然轉動脖子以視線對伏見詢問。

「唔,嗯,是那樣沒錯。」

「耶耶耶……等一下,這不就是綠茶婊嗎?唔哇啊,妳中學時代的形象完全崩壞了。」

「不、不對啦！我才不是那種女生，絕對不是！」

滿臉通紅的伏見慌忙加以否定。

「姬奈姊姊，葛格他還是處男喔，所以妳要當心。他一定等這種好機會很久了。」

「喂，老妹，我才沒有那麼飢渴咧。」

是說茉菜怎麼知道我是處男。

「幸好家裡有我在，可以幫妳制止他。」

「就說了我才不會做那種事。」

噗咻——感覺身邊好像在冒蒸氣，原來是臉紅到不能再紅的伏見低頭發出的。

「——人、人家，突、突、突然想到還有別的事，先告辭了。」

說話已經不時破音的伏見，逃也似地衝出玄關。

「都是老妹妳捉弄她害的。」

「我才沒捉弄她呢，我說的全都是真的呀。」

更何況——不知為何也開始臉紅的茉菜，這時又刻意別開視線補充道。

「那、那樣子很噁心耶……從二樓傳來劈里啪啦砰咚嘩噠的噪音。」

「我知道了那一定是在玩摔角吧。」

「等我不在家的時候就隨便你們了。對了……那、那玩意，你們有準備嗎？」

那玩意?什麼玩意?

看我毫無反應,茉菜把手指圈成圓形,似乎很害羞地說「就是那個嘛……」

「……妳說錢?……哈,我已經所剩無幾就是了。」

茉菜的眼神中充滿決心。因為這個哥哥太沒用了我這個做妹妹的一定要堅強起來才行——她的雙眸彷彿在這麼說。

「——交給我吧。雖然有點丟臉,但我會去藥妝店幫忙買的。」

就說了,那玩意到底是什麼嘛。

⑰ 揉揉

當天夜裡，晚飯菜色是日式料理。

包括燉羊棲菜、烤魚，以及馬鈴薯燉肉。最後還有味噌湯。

雖然外表是個辣妹，但這女孩將來一定會成為好新娘的。

結束工作返家的母親也一起，三人共同享用晚餐。

「……我說茉菜呀，妳交男朋友了嗎？」

「咦——？沒有啊。為什麼這麼問？」

「真的嗎？那妳買那玩意幹麼？就是橡膠製的那個。」

「耶耶耶!?」

茉菜整個人瞬間石化。

是指綁頭髮的橡膠髮圈吧。我看妹妹經常在那邊紮頭髮。

「被、被媽媽發現了——」

「不，不是我啦，是在藥妝店上班的鄰居田之上太太。」

「啥啊──我明明已經很小心了呀！」

「……田之上太太還要我建議妳，那種廢物男人最好趁早甩了。」

「嘎──啊!?」

今天的晚飯真熱鬧呀。

加上味噌湯又特別好喝。

「都是葛格這個處男，害我蒙受不白之冤……」

「怎麼又扯到我頭上了。」

跟我毫無關係吧。

「因為希望葛格在那方面多學著一點！」

雖說妹妹對我大發脾氣，但因為我完全搞不懂是怎麼回事，只能像個傻瓜般愣在一旁。

「昨天晚餐的時候，我家餐桌上演了這樣的對話──」

翌日早晨上學途中，我一邊回憶一邊跟伏見聊起昨晚她回去以後所發生的事。

「耶耶耶……茉菜她，未免太可憐了……」

「咦？妳指的是什麼？」

「小諒到底算是善體人意還是不解風情呢，真是個謎呀。」

搞什麼，說得我好像是個壞人似地，真是無法接受啊……

最重要的關鍵處，大家都不肯老實告訴我。

當我心裡非常不平衡地走著的時候，突然有人對伏見道了聲「早安——」。

那是跟我們同年級的女生，名字我不知道。但看對方一頭短馬尾又提著運動背包，應該是隸屬體育社團的吧。

「早安。」

伏見也以在學校專用的溫婉公主微笑回應對方的招呼聲。

比起「早安」，「祝您安好」似乎更配得上這種笑容啊。

「姬奈同學，妳真的不加社團嗎？」

「嗯，我決定上了高中以後還是不要好了。」

剛才明明是對方主動笑著攀談的，但那女生的眼神卻一口氣冷漠下來。

「哼嗯，是嗎？看來，放學後還是去玩比較愉快啊——」

「我並沒有那個……」

伏見的笑容中明顯混入了困惑。

「如果妳改變心意就來參加我們田徑隊吧，妳一定可以跟大家變成好朋友的。」

「嗯，謝謝妳的邀約。」

對我僅投以一瞥的那個女生，離開這邊以後，又回到拿著同樣運動包的女生團體裡了。

伏見的運動細胞非常優異。中學時她參加田徑隊，主攻短跑和跳遠項目。我在體育課看過她露了幾手，不過她除了田徑外，球類運動也頗為擅長。

我已親眼目睹過許多次，那些成員比較少的運動社團特地來說服她參加的場面。

「都已經升上二年級了，還來找妳啊。」

「嗯，就是說呀。」

伏見的表情略顯僵硬。

「……既然不想參加就老實告訴那些人吧，這樣對雙方都好喔？」

「那麼說也沒錯啦，但我就會變成別人口中難搞的女生囉，小諒。」

……女生這種生物還真麻煩哩。

不過，剛才拒絕完後，對方確實擺出連我都看得出來的嘲諷態度。

還是參加回家社比較輕鬆愉快吧？就類似這樣。

「對方都說了那種話，誰還會想去參加那個社團啊。」

「我想她只是一下子火氣大了而已。」

伏見也太溫柔了，竟然還幫那個女生說話。

「如果我真的加入某個社團，一定會有人抱怨『為什麼不加我們？我們明明約了那麼多次』，所以我更是哪都不能去。」

聽完她這番描述，我開始討厭學校這個小型社會了。

伏見或許是還很在意剛才那女生的嘲諷吧，表情依舊蒙著一層陰影。

一大早就聽到那種討厭的話，這也不能怪她。

我伸手輕輕摩挲她的背部。

「要叫妳別在意恐怕是強人所難，不過還是幫妳加個油。」

只是這種話由經常蹺課跟上課摸魚的我提出，一點說服力都沒有就是了。

「謝謝你。嗯，沒錯，我會加油的。」

伏見嬌小的手握起拳頭，原本暗沉的臉龐也恢復明亮。

假使我鄰座的人整天都陰沉著臉，那我也免不了受影響，她能恢復過來真是太好了。

暫時鬆了口氣的我，將擱在她背部的手收回口袋。

「……繼續嘛。」

「耶？」

「繼續幫我揉揉背……拜託。」

揉揉背？啊啊，是像剛才那樣摩挲背部的意思吧。

不過為什麼要一臉害羞的神色？

「被小諒碰觸身體，會讓人感到很安心……」

如果真是這樣那也無妨啦，我一邊這麼回答一邊觀察四周。

已經距離學校很近了，到處都可看見本校的學生在走路。

「不，在這種地方未免……」

「我明白了。」

然而伏見的聲音跟表情卻與她的回應恰好相反，正一臉氣嘟嘟的。這算哪門子明白的表情啊。

「記得小時候，我從單槓一屁股摔到地上後大哭起來，在隔壁單槓翻觔斗的小諒立刻對我說『也不必哭成那樣吧』。」

有發生過這種事嗎？

「還幫我揉了揉狠狠跌在地上的屁股。從那次之後，我就愛上這種被揉揉的感覺了。」

「所以妳是希望我摸妳的屁股嗎？」

「不──不是啦！你到底聽到哪去了！」

「開個玩笑而已，別生氣嘛。」

真受不了你──伏見憤慨地說道。

「什麼部位都好，只是希望小諒幫我揉一下而已。」

真的什麼部位都好嗎，這麼說來屁股也包括在內囉。

揉揉這種詞彙，聽起來好像是某種色情的術語，我實在不想從自己嘴裡吐出來。

察覺四周的其他學生在注意這裡後，伏見頓時正色。

中學時代以後的伏見，外表感覺一下子從小女孩長成大人了，不過她最近在我面前顯露的那些表情，又令我覺得她跟小時候沒有太大的差別。

「就是那個意思吧……要言之，在學校得裝模作樣。」

「你說什麼？」

她這種公主微笑幾乎就像在說著「祝您順心如意」一樣，被其他男生看到了鐵定會讚譽不已，然而對於知道她是在假裝的我而言，這種表情反而帶來了莫名的壓迫感。

「沒、沒有，我啥也沒說。」

「是嗎，那就好。」

她的這副笑容簡直太適合「隆隆隆隆隆」的狀聲詞了。

⑱鳥越的本心

『小諒，今天午餐要不要一起去學餐……？』

時間來到還剩十分鐘就要進入午休的倒數了。

伏見偷偷把課桌併過來，在筆記本的角落寫了如上的訊息給我看。

今天因為帶了茉菜做的便當——我才寫到一半，伏見又沙沙沙地寫了追加的訊息給我。

『好緊張好期待。』

竟然用筆談表達心境！

『抱歉，我帶了便當所以要去物理教室吃。』

伏見看了這段文章，立刻像洩了氣一樣。

我並不討厭跟伏見一塊度過。

然而，那麼一來，希望接近伏見的男男女女也會蜂擁而至，場面自然就會變得嘈雜不堪。

如果我跟那夥人交情好也就罷了，偏偏我最不擅長應付他們。

『想安靜度過午休。』

『跟鳥越同學嗎？』

『自己一個人。』

我寫出這段話時還特別強調。

比起鳥越云云，環境安靜且可以不受任何人干涉的就只有那間物理教室了。

嗯唔唔——進入怒意爆發模式的伏見，立刻將自己的課桌挪回去。

一到午休時間，我便如方才的宣稱，單手拎著便當前往物理教室。

「高森同學。」

有人叫我而回過頭，原來是鳥越。她手上也提著便當。

「嗨，圖書股長。」

「物理教室？」

「嗯，跟平常一樣。」

我這麼一說，鳥越便笑著回了句「我就知道」。

兩人進入物理教室後關上門，這麼一來便可遠離學校的喧囂，感覺只有這個空間是不同的另一個世界。

各自坐在平常習慣的位子後，開始享用起午餐。

從選幹部的那天之後，我們已幾度在物理教室共餐，但鳥越為什麼想當班長這件事，我現在才突然憶起並試著問道。

「妳想當班長啊？」

「也不是那樣啦。」

不是那樣？

那為什麼，還要毛遂自薦？

我不禁望向鳥越的臉。

她正輕撫著自己垂肩的秀髮，嘴裡念念有詞地發出「呃——唔」之類彷彿在思考什麼的聲音。

「……我是因為，那個……跟高森同學，感覺還算滿熟的，所以才……」

原來妳的想法是這樣啊，鳥越。

覺得對方有親切感這點，似乎並不是我單方面的想法。

鳥越的音量，越說越小聲了。

「……與其讓班上其他女生擔任……或許由我當更適合……不是嗎……」

是這樣嗎，所以是為我著想囉……

以結果論，最後變成伏見擔任當然也很好，但假使是其他女生……好比班上那些吵死人的活躍群體中的某一個，那我跟對方就會很難溝通了。

「——就、就只有這樣！」

她的音量突然放大。

「該怎麼說，真謝謝妳啊，還特地為我著想。」

「……不、不客氣。」

而這時，鳥越動筷子的速度也加快了。

我原先胡亂猜測她是想幫校內成績加分之類，結果完全搞錯了啊。

接著她問我關於伏見的事，於是我把至今為止的經過進行說明。

我跟伏見是青梅竹馬，小時候感情很好，但等升上中學後，我們之間的距離就逐漸拉大，直到最近才因某個契機又可以像從前那樣聊天了。上述這些事我都毫無保留地告訴對方。

「然後直到今年以前，你們都假裝只是普通同班同學的關係。」

「就是這麼回事。」

「跟學校的公主感情很好，應該令你很開心吧？」

「與其說開心，不如說懷念吧。她跟我在一塊的時候，一點也不像什麼公主。」

「你說那位Perfect Princess？真叫人意外。不過，畢竟是青梅竹馬嘛。」

……不知為何，今天的鳥越好饒舌啊。

「妳的意思是？」

「或許是因為很小的時候就認識了，難以發展成男女朋友那種關係吧。對方在眼中就像是家人一樣，要以異性看待恐怕很困難？」

這真是王道的設定——

漫畫跟動畫裡最常出現的橋段——

不過每次我看到這種劇情，心裡都會狐疑「真的嗎？」——

我對鳥越的提問搖搖頭。

「……伏見除了頭腦好，運動細胞發達，長相也很可愛，因此那些男生接近她的理由，就連我這個青梅竹馬都可以理解。」

雖說直到去年，我才察覺她受異性歡迎這件事。

「既然我可以明白她受歡迎的理由，就代表我也可以用異性的角度看待她。也就是說，把伏見當成異性。」

我們對彼此的底細都太熟悉了，這會帶來一種安心感。

即使隨便聊些無關緊要的話也會感到有趣，且不知為何，總覺得能猜到對方內心在想什麼。

假使是漫畫劇情的話，通常不會是一開始出現的那個女角跟男主在一起，反而是後來出現的女角才會跟男主結合。

如果男主跟一開始的女角在一起，這種過度順理成章的故事不就太無聊了嗎？

……不過，我私人的異性關係不需要高潮迭起，就算平平淡淡也無所謂。

「倘若中學時代還是維持小學時的那種關係，那我應該會比現在更早——」

無意間說出口的這番話，讓我的思緒陷入混亂。

怪、怪了？

比現在更早，什麼？

我剛才究竟在打什麼主意——

「高森同學，你臉紅囉？」

「咦？啊啊，不，沒有，我什麼也沒說喔。」

「哎呀？剛才那邊好像有人呢？」

鳥越望著教室門的方向，不解地歪著腦袋。

「耶？我什麼也沒看到啊。」

「或許是我的錯覺吧。剛才好像有個女生從門板上的小窗一下子晃過去。」

儘管鳥越這麼表示，但如今那邊一個人影也沒有。

「……高森同學，其實你喜歡伏見同學吧？」

「噗哈!?我、我的意思不是那樣吧，妳問這什麼問題啊。」

「剛才我們在討論的就是這個呀。」

原本以為鳥越是在故意開我玩笑，但她的口氣卻相當嚴肅。

「小諒，你這邊漢字寫錯囉？」

我放學後留在教室寫日誌時，被伏見指出了錯字，於是我一邊聽她指導正確的字怎麼寫一邊修改。

「第一節的現代國語，上課上了些什麼？」

「你不在上完課後馬上記錄，當然會忘掉囉？」

「……我睡著了。」

「討厭，真拿你沒辦法耶。呃，今天上的內容是……」

儘管嘴裡抱怨不斷，但伏見還是幫我寫了，因為我是個廢物所以她沒法丟下我不管……不過我說的廢物僅限於現在這個情況。

輪到我值班寫日誌的時候，明明她也可以自己先回家的，但她都會留下來等我寫完。

「小諒，我真擔心你會隨便亂寫。」

「妳太認真了吧。」

「當然囉，我們可是班長呢。」

伏見露出得意洋洋的表情，還做了一個假裝在推眼鏡的動作。

當我寫得越來越順時，伏見把頭湊近我這邊觀看，還露出促狹的表情笑道。

「小諒，你會把青梅竹馬當異性看待呀——？」

我不自覺力道過猛，啪——自動筆筆芯被我折斷了。

「妳、妳說什麼……？」

「你猜呢？」

不正面回答的伏見，臉上綻放著燦爛的笑容。

⑲青梅竹馬的特別待遇

四月的體育課，跟去年一樣，上課內容主要是以體能測驗為主。

項目包括反覆橫跳、折返跑，以及一百公尺跑步等等。

每個人都得又跑又跳又狂衝，而且無論男女生都躲不過，只是每次輪到伏見上場時，她總會吸引各年級男生的目光。

尤其是三年級的學長，都會透過教室窗戶猛盯操場上的情況。

「姬奈同學，太強了……」

「跑得有夠快……」

而在女生當中也會冒出這樣的對話。

測驗換下一個項目的時候，同學之間要相互幫忙記住自己的秒數或距離是多少。

「小諒，你的體能完全不行耶。」

不知在開心什麼的伏見用愉快的語調笑道。

「哪裡不行了。就算在男生當中，我也排名第五左右吧，只不過是倒數的。」

「啊哈哈，果然很遜耶。」

「我覺得這樣就夠了。」

我們同為班長職務加上青梅竹馬的身分，好像廣泛傳開來，因此就算兩人親密地交談也漸漸不再有好奇的目光緊盯著。

最近，就連上下學都是同進同出，很快我這個伏見「青梅竹馬」的身分就要變成無庸置疑的既定事實了。

「她為什麼不加社團呢？」

女生們當中也有這樣的質疑聲浪出現。

真要說起來這也是相當合理的。

伏見體能測驗的成績，比身為男生的我還好。不只如此，包括田徑隊的短跑王牌，跟籃球隊、網球社，以及其他運動社團的女同學，現在的總成績好像都不如她。

體育課上完後，班上有個女生主動找我說話。那是個綁馬尾的女孩子。

長相我是知道，但名字嘛……沒印象。

「喂喂，我說班長大大呀——」

因為自己滿頭大汗，為避免汗臭熏人我主動退開兩步。

「……我是班長，不用加什麼大大。」

我訂正她的稱呼，但她卻回了句「沒差啦——」接著又繼續說道。

「我可以跟你借一下伏見同學嗎?」

「借……為什麼要跟我說啊?她又不是我私人的物品。」

「我知道。不過,我希望你能幫我們說服她。下週末,我們隊要參加春季大賽……因為人數差一個,所以無法報名。」

「就算妳跟我說這個……」

這女孩是什麼社團的?我不解地歪著頭聽她說下去,最後才確定是網球社。要是有新人可以加入就好了,但因為希望很渺茫,所以她們無法參加團體賽。

「因為直接找她交涉會被拒絕呀。」

我的意思就是那個。太多人想找伏見了,一旦破了例之後就會沒完沒了。

「抱歉,妳去找其他人幫忙吧。聽妳的說法,是人數不足的緣故吧?所以即便不是伏見,只要有其他人能來填補空缺那應該也是一樣的吧。」

「不要那麼冷淡嘛,班長大大。」

「例如其他社團的人啦,或是中學打過網球現在沒參加的人,應該還有這樣的遺珠吧?如果真的不行,那就設法借一個人頭報名,當天再一個人打雙打之類。」

「這是打網球又不是演鬧劇。」

抱歉抱歉我開玩笑的——我笑著收回剛才的建議。

她們又不是非得找伏見不可……不過,遇到困難這點倒是千真萬確的……

「當天她空手去就可以了。不論球鞋、球衣、拍子全都由我們這邊提供，好不好嘛？」

就算妳這樣苦苦哀求。

唔唔——正當我左右為難時，有股冷冽的寒意突然自背後襲來。

我凍得渾身發抖，不禁回頭一看。

「……？」

沒有人啊……

「嗯？你怎麼了？」

沒事——我對女生搖搖頭。

「真拿妳沒辦法耶。那我只能幫妳問問看囉？我單純說明妳們的困難，還有會轉告空手也可以去的條件，不過不會幫忙說服她，至於最後的判斷還是要交給伏見自己。」

「謝、謝謝！這樣就夠了！」

女生緊抓住我的手，興奮地上下搖擺。

「真不愧是班長大大——」

「就說了不要加什麼大大啦……」

她的手還不放開。

有股更強烈的寒意掠過肌膚，迫使我再度發抖。

「那，就拜託你啦！」

對方揮手離去了，最後還非常開心地對我投以飛吻。

這也太嗨了吧。

我用正常道別的方式對她揮手，接著便返回教室。

體育課也是今天最後一堂課，因此教室空蕩蕩的，大家幾乎都放學或跑社團去了。

那麼，我也隨便寫一下日誌就回去吧。

由於脖子有點涼涼的，我不禁縮起肩膀。

從剛才我的身體就怎麼了？

難道是感冒了嗎？

「……你跟本間同學感情很好嘛。」

將運動服整齊折疊好並抱在胸前的伏見這時進入教室。

「本間？啊啊……是那個網球社的。」

怪了，空、空氣怎麼——四周的氣溫陡然降低了！

等伏見坐在自己的座位上，寒意就變得更離譜了。

「好冷。」

© Fly

我不由自主環抱自己的身體。

一旁的伏見正在收拾東西準備回家，但同時嘴脣也用力嘟起來，不知為何一副鬧脾氣的模樣。

「雖說這事並不重要，小諒想跟誰感情好完全不關我的事。」

「妳說不關妳的事，不過妳的樣子完全不像啊。」

「關你屁事。」

聲音好低沉。

這應該是伏見史上最低沉的說話聲了。

「明明身為班長，卻在走廊手牽手，甚至親吻——這裡可是學校。」

「喂喂喂，等一下！那跟我剛才的經歷有微妙的差異耶!?首先我是被對方抓住手，硬要說起來比較接近握手吧。另外，那根本不是什麼親吻，只是對方擅自拋過來的飛吻。」

再加上當時現場的氣氛，半點浪漫的成分都沒有……雖說我被異性抓住手並送飛吻，心跳有點加速就是了。

是說伏見竟然都看到了。

當時我感受到的冷空氣應該就是由伏見發出的吧。

「小諒，你是不是很開心呀？」

咕，竟然無法否認。

畢竟跟伏見以外的女生接觸，是過去幾乎從來沒有的經驗……

「身為班長，一定要公平對待班上的每個成員才行，但你卻偏心。」

「我才沒有咧。」

準備好要離開的伏見，並沒有逕自走掉，而是繼續不爽地待在我身邊。

她應該是在等我吧。

「你要加網球社嗎？感覺她們真是千方百計地拉攏你。」

啊，難不成伏見沒聽到前半段？

看來她是誤會了，於是我把本間找我的事從頭到尾對她說一遍。

「所以說，她們報不了團體賽才希望妳能助一臂之力。」

「是嗎，原來事情是這樣呀。」

剛才充斥教室的冷空氣消失無蹤了。

「不過，或許我還是非得拒絕她們不可……」

我可以理解這種事會變得沒完沒了。不過伏見為何如此堅持不加社團，我到現在還不太清楚。

「要不要我去跟她們說？」

「不用了，我自己去說沒關係。謝謝你。」

心情恢復的伏見，繼續等我把日誌寫完。

她笑咪咪地支著臉頰，目不轉睛地看著我。

「看我寫這個有什麼意思，妳不如去玩手機吧？」

「有什麼關係嘛。」

「伏見，妳對我也太好了吧。」

除了在上課遇到困難時伸出援手，現在這種不必等我的情況也耐心等待。

「會、會嗎？」

伏見的微笑笑得更開了，最後還發出欸嘿嘿的笑聲。

「不過，妳剛才說身為班長不能對班上的同學偏——」

我話還沒說完，伏見就慌忙打斷我。

「青、青梅竹馬應該要有特別待遇呀！……所以，小諒要是也能給我特別待遇，我會很高興的。」

她說這句話的時候直盯著我的雙眼彷彿要深入內心，換作是其他人被這麼凝視應該也會害羞吧。

「小諒臉好紅。」

「妳自己還不是一樣。」

因為覺得很可笑，我們在沒有第三者的安靜教室中發出了毫無顧忌的哈哈大笑。

⑳再怎麼壓低身段還是被別人認為難搞

伏見一副坐立難安的模樣。

現在是第一節課快要結束的時候。

她似乎要當面去跟本間說，自己必須拒絕網球社邀約的事。

上課開始前，我提議「傳個訊息給她就夠了吧？」，但伏見聽了搖搖頭。

「這種事不能用傳訊的，一定要面對面說才行。」

據說是跟誠意什麼的有關。

這傢伙還真嚴謹啊。

「我有點擔心對方會有何反應。」

「看本間那樣子不像是會記恨的人啊。」

我咕噥了幾句後，望向座位在前方的本間同學。

老師將打開的教科書啪噠一聲闔上，宣告這堂課完結。伏見在喊口令時下課鐘剛好也響了，短暫的下課時間來臨。

「呼——」

像個格鬥家一樣藉吐氣來集中注意力的伏見，這時從座位起身，走向正在跟女生朋友談天的本間同學那邊。畢竟是要去拒絕別人，我也很擔憂地偷偷觀察那邊的情況。

「啊啊——我就知道會這樣。」

結果，本間首先露出困窘的笑容。

看起來不像是什麼負面的反應，我這才放下心中的一塊大石頭。

「真抱歉，妳們明明約了我那麼多次。讓我也來幫妳們找可以去參加的人吧。」

伏見這番話，讓人感覺她非常拘謹客氣。

其實她說話應該要更率直一點。

伏見根本沒有必要辛苦跑這一趟——我不禁產生了這種想法，至少無法理解女生人際關係的我這個男生是如此看待的。

「不不不，哪裡哪裡。是我們提出了過分的要求。」

像這樣的對話又來回重複了幾遍後，伏見才一臉大功告成的表情返回這裡。

「辛苦啦。」

「謝謝。下一堂課是要移動到生物教室吧？」

「是喔？」

「你好討厭。我去跟老師確認一下。」

我也去吧——不過當我想這麼說的時候，伏見已經走出教室了。

我原本都已經脫離椅子的臀部又乖乖放回椅子上，為了打發時間只好瀏覽手機的社群軟體。

「——她到底在忙什麼嘛，不就是回家社的人嗎？」

「這個沒有詳問就是了——」

「有夠小氣的，稍微幫別人一下又不會死。」

「她好像很不會跟別人相處喔。就算找她出去玩，她也是一下就回家了，又不是小學生。」

尖銳刺耳的笑聲傳入耳際，我不禁抬起頭。

在一臉困窘笑容的本間周圍，有三個運動社團的女生。

「妳們也覺得很扯吧？只不過是找她來打一天網球而已。」

「我去年就跟她同班了，那個人根本沒血沒淚。」

砰——我粗魯地把手機摔到桌上，在教室發出巨大的聲響。

「——那，妳們三個人當中的其中一個去幫忙吧，去參加比賽。」

我對圍繞在本間周圍的那幾個傢伙說道。由於我這番話說得很重，教室明顯陷入了一片死寂。

「只要能湊齊人數，誰去都行吧。」

由於我突然拉高了音量，那三人都滿臉問號。

「『稍微幫別人一下』不是妳們說的嗎？……回家社的人平常到底忙不忙，不是由妳們擅自認定的。」

現在明明是下課時間，教室卻被一股令人痛苦的寂靜籠罩。

從走廊那邊傳來校園的喧鬧聲，這才讓我猛然回過神。

……就是因為做了這種事，我才會沒有朋友啊。

「我也去找老師問換教室的事好了——」

由於待在這裡很不自在，我這麼說給自己聽後便從座位站起身。

回頭一望，位子在教室最後一排的鳥越，正面無表情地對我豎起大拇指。

這讓我輕鬆多了，於是我對她微微一笑便走向教室門口。

「……啊。」

「唔喔!?」

結果在門邊撞上了伏見。

「好像真的要移動到生物教室。」

「啊啊，嗯，知道了。」

只見伏見平靜地踱步進入教室，在黑板寫下「下一堂生物課要去生物教室」的通知。

她拿粉筆的手，此刻明顯有點顫抖。

大概是在門外聽到剛才那些批評，或是在進入教室前剛好撞見……

彷彿是為了逃避室內這種異樣的氣氛般，班上同學們紛紛抓起筆記本或教科書走了出去，很快就一個人影都不剩了。

原本面對黑板的伏見這時朝我回過頭。

「其實你不必說那些話的，我沒事。」

「騙人。」

妳內心一定很震驚吧。竟然直接聽到有人在背後說自己壞話。

「我早就習慣了。」

「別習慣那種事好嗎？」

「這麼一來小諒就變成壞人了。」

「有什麼關係，現在還需要在乎別人對我的觀感嗎？」

「啊哈哈。」

伏見因為擔心我，露出了悲傷的笑容。

「妳不必強顏歡笑。」

「沒辦法……如果不這樣……我就要哭出來了。」

當這番話說完時，伏見的眼眶已噙滿淚水。

這不是已經哭了嗎？

我什麼話也沒說，摸了摸伏見的頭。將頭靠在我肩上的伏見，吸了吸鼻子。

「小諒……謝謝你。」

這下子，兩位班長下節課都要遲到了。

21 支持的女主角

「呼呼，好可愛⋯⋯」

我躺在床上，正熱衷於掌上遊戲主機時，趴在旁邊的伏見忽然發出了咯咯咯的笑聲。

她手上，還拿著一本我收藏的漫畫。

「好看嗎？應該還可以吧？」

「嗯，超好笑的——」

那就好。

放學的歸途中，知道我喜歡看漫畫的伏見，要求我推薦好的作品，於是我就稍微借了幾本給她。

雖說這是男生喜歡的戀愛喜劇題材，我一開始還怕她覺得無聊，但看來是杞人憂天了。

呼嗯——耶耶——伏見一邊發出這些感想的狀聲詞，一邊繼續閱讀漫畫。

同時雙腿還不停上下擺動。

我偷偷往旁邊瞥了一眼，纖細又潔白的大腿映入眼簾，嚇得我慌忙把視線別開。

接著我稍微挪動位置，與她拉開一點距離。

「你覺得誰比較可愛？」

「這個嘛，花梨吧。」

「對對，我可以理解。」

「她好可愛。」

所謂花梨，是那部漫畫的女主角之一，也是打從一開始就喜歡男主的女生。

這部作品幾乎沒有任何深刻沉重的內容，能讓人輕鬆快速地看下去就是其最大的魅力之一。

下一本，再下一本，伏見一冊冊接著往後看，一下子就翻完第四集要進入第五集了。

這時，她忽然一個翻身變成仰躺的姿勢，然後又翻了一圈變成趴著，看來是在尋找最舒服的閱讀姿勢。

「據說啊，比起在床上翻來覆去，坐在桌椅旁邊看才是最省力的姿勢。」

不常看漫畫的伏見可能不知道這件事。

「呼嗯——」

然而她還是仰躺在床上，動來動去挪姿勢——

「啊，這樣子好像不賴。」

她盤腿坐著並把腦袋靠在我的膝蓋上。

「……啊，你不必在意我，請隨意，繼續打電動。」

說完後，她的視線又回到了漫畫上。

我怎麼可能不在意。

「妳的腦袋，好重啊。」

「借躺一下，借躺一下嘛。」

真拿她沒辦法……嗯？大概是膝蓋彎起來的緣故，她的裙襬縮到了更高的位置，平常被裙子遮住的大腿部分現在都一覽無遺了。

「唔。」

又加上她在床上動來動去，只要有一陣風吹過去就會整個掀開了。

「伏見……那個，妳的裙子……呃，會被看到喔。」

她把打開的漫畫直接擱在單薄的胸脯上。

接著單手將裙襬迅速拉下去，恢復膝上十五公分左右的位置。

只見伏見這時的臉有點紅。

「……小諒，你好色。」

「我哪裡色了，我只是提醒妳注意……」

然而伏見一臉嚴肅地盯著我不放。

「小諒也會有，想看女生內褲的衝動嗎？」

那套漫畫裡，好像就有類似的一幕吧。

不過也不是什麼情色的描寫，就是那種連小學生也可以看的普遍級畫面。

「我應該沒那種念頭吧。」

老實說我超想看的。

「哼嗯……如果我說，想看嗎？那你還是會拒絕？」

此話當真？

「……我不看。」

「呼呼，我就知道小諒會這麼說才故意問的。」

這到底是信賴我，還是瞧不起我呢，我實在難以分辨。

伏見再度拿起漫畫，進入閱讀的世界。

裙襬又慢慢往上縮了。

毫無防備……

太過在意大腿跟裙襬的高度，害我根本無法專心打電動。

「我去拿果汁過來。」

「咦？不用了啦，不必那麼客氣。」

「沒關係。」

我把被伏見當枕頭的膝蓋抽出來，從床上爬起身後離開房間。

「唉……」

這是什麼房間啊，專門用來測試我忍耐力的嗎？

感覺自己的ＭＰ都快耗光了。

為了順便轉換心情，我去一樓倒了果汁後才重返房間。

「跟上回一樣的蘋果汁好嗎？」

「咦——唔!?啊，好的，嗯！」

放下手邊漫畫的伏見，一察覺我進來，便瞬間在床上恢復正襟危坐的姿勢。

「？」

「……唔。」

跟我四目相交時，她立刻把視線別開。接著喉嚨發出輕微的咕嚕聲，這才解除正坐的姿勢。

不知為何，總覺得她的臉部肌肉很僵硬……？

還將嘴唇往內縮，稍微用舌頭予以溼潤。

「什麼嘛，既然妳已經口渴了就早點說啊。」

真拿她沒辦法，我將端來的玻璃杯其中之一遞給伏見。

「謝、謝謝……」

遞給她的瞬間，雙方指尖相碰，害我胸口猛然跳了一下。

「抱、抱歉……」

「沒、沒關係啦……」

氣氛有種說不出的尷尬。

伏見將我拿給她的那杯果汁，咕咚咕咚地一口飲盡。

繼續躺在同一張床上未免不太好，於是我決定坐在椅子上打電動。

當我把玻璃杯放在桌上時，發現桌面有個陌生的玩意。

那個東西可以攤平放在手掌心上，正方形且薄薄的。看形狀可以知道裡面裝著某種圓形的物體。

這該不會就是那個成人世界的入場券吧!?究竟是從哪冒出來的?

總不會是拿來求正方形內切圓面積的道具。

此外那玩意的包裝上，還有茉菜的筆跡寫了「葛格加油♡」的字樣。

那個辣妹!簡直是多管閒事!

究、究竟，這玩意已經放在這裡多久了……

搞不好，只是我沒發現而已，實際上已經出現在這裡很久了……

當我離開房間的時候，伏見察覺到它的存在——

「……還是繼續看漫畫吧……」

伏見恢復正坐的姿勢，伸手拿起漫畫。

漫畫也拿反了！

是成人世界的入場券害她動搖了嗎!?看她不是正滿臉通紅嗎！

並沒有像先前那樣，以「小諒你真色」的輕鬆態度指著那玩意，伏見此刻只是陷入了徹底的動搖而已。

看來她已經失去開玩笑的從容了。

這跟剛才那種故意問我想不想看內褲的輕鬆調子截然不同，而是更為活生生、赤裸裸的「性」象徵，難怪害她變這樣……

嘶哈、嘶哈——只見她一邊深呼吸，一邊以手替火燙的臉頰搧風。

「伏、伏見。」

「噫呀!?」

咕咚——她緊張到用力嚥下一口唾沫，喉嚨發出的聲響連我都聽見了。

「那、那套漫畫借妳帶回去。我、我突然想到還有、有點事。」

「是、是、是這樣呀。」

「對、對、對啊。」

「那、那麼，我、我現在先回去——」

我把直到最新的一集都全部借給她，並裝入一個小紙袋中。

外頭天色已不知不覺變昏暗了，為了送伏見回去，我走出高森家的大門。

飄蕩在我們兩人之間的，僅有些許的緊張感與沉默。

這種氣氛太微妙了。

在心理毫無準備的狀態下看到那個，當然會驚慌失措。就連身為男生的我也好不到哪去。

到了可以看見伏見家之處，伏見便對我說了句「送到這裡就可以了」，並接過裝了漫畫的紙袋。

「啊啊，嗯。那麼，明天見。」

我轉身走開以後，又聽到伏見大聲叫道。

「小、小諒！」

彷彿以玄關門為護盾般，伏見從門板旁邊稍微探出腦袋。

「什麼事？」

「——那、那種事，我不喜歡不按照順序來！你、你好討厭，大笨蛋！」

接著她逃也似地躲入家中把門緊閉起來。

「那、那玩意！不是我準備的啊——」

我試圖向她解釋，但她已經不見了。

「都是茉菜害的……」

我無奈地用力搔著頭，返回自家。

……不過，至少她還沒用「你最差勁」、「你是禽獸嗎」來責難我。

我驀然回憶起她最後的那些話，不禁回頭望向伏見家的房子。

這時在二樓，伏見房間的窗口已透出燈火。接著那道蕾絲窗簾被拉開，有個人影在窗後對我揮手。

我也揮手回應。

……伏見。

所謂她不喜歡不按照順序來，那換句話說，只要按照順序來就可以囉？

不對……那只是我的過度解讀罷了。

㉒伏見加成

果然把那玩意放在桌上的犯人就是茉菜，然而當我質問她時——

「身為高森家的長男，就應該要有守有節才行。」

茉菜竟然說了這種話，還一臉嚴肅的表情，看來她是真心這樣認為。

雖說要我有守有節，但茉菜的標準還是令我無法理解。

「高森同學——？下一堂課是去體育館上嗎？」

下課休息時間有個女同學這麼對我問道。

「是啊，嗯，我記得是要去體育館沒錯。」

謝謝囉——那位女同學離去了。

吼喔喔喔……！

這時坐在隔壁的伏見，彷彿從口中吐出了藍色的火焰。

「……哎呀？我記錯了嗎？難道不是去體育館？」

「不……你沒記錯。」

伏見的聲音好低沉，低沉到就像是來自地獄的底部。

既然我沒記錯就好，不過她幹麼又突然發脾氣呢？

「明明可以問我而不必問小諒的，難道不是我這邊比較可靠嗎？」

哼哼——伏見正忿忿不平地碎碎唸著。

「她那種反應……不論怎麼看都像……」

午休時間，我在物理教室提及此事，鳥越聽了便這麼冒出一句。

我們彼此雖然坐得很遠，但因為這裡很安靜所以說話聲還是聽得很清楚。

「應該說伏見太死板嗎，還是過於嚴肅，總之那個女同學可能覺得我這個懶人比較好問吧。」

「你的意思我大致可以明白。其實女生當中，也是有階級這種東西存在的。」

不過像伏見同學那種立於最頂層的人是無法理解的——鳥越以此為開場白繼續說道。

「或許該說是那個女生畏懼了吧。畢竟，找高森同學這種比較隨便、懶散的人說話心情會較為放鬆。跟那位剛正不阿的公主大人相比，市井出身的公主隨從，對庶民不是更有親切感嗎？」

原來是這樣啊。

「那麼，鳥越也有這種感覺嗎？比起同為女生的伏見，不如找我比較輕鬆？」

「有時候性別不同反而是好事。至少，異性不會考慮B班女生的階級問題。」

嗯哼——我用鼻子哼了一聲。

伏見今天還是跟同學去學餐吃飯了，正在那邊裝公主。

不過，方才那像是藍色噴火的場面又是怎麼回事啊。

「可能是伏見加成的緣故吧。」

「加成？」

「對。因為伏見同學跟高森同學在一起時看起來很快樂，從其他女生的角度看來就會認為高森同學很有魅力，我認為就是這種加成效應。」

女生這種生物真是太難理解了……

等說完這段話，鳥越才動起筷子吃便當。

「既然鳥越能看穿這種心態，是不是代表鳥越也被加成效應影響了呢？」

「咳咳，噗咳。」

鳥越被嗆到了。

「妳還好吧？」

「突、突然問這個做什麼。」

只見鳥越打開保溫杯的蓋子，喝下裡面的茶。

「呃，我只是覺得妳觀察力很強而已。」

「錯了，我並沒有特別觀察……」

大概是嗆到的關係，她的臉色發紅。

因為她的座位比我跟伏見更靠後排，所以可以清楚觀察到我跟伏見的互動吧。

咳咳、咳咳——鳥越又激烈咳了幾聲，這才終於恢復平靜。

「……另外，對高森同學而言，目前是擁有伏見加成的狀態。這件事代表什麼，你知道嗎？」

「就是其他人更有機會找我說話吧。」

大概是我的答案太微妙了，鳥越把頭歪向一邊。

「所謂雖不中亦不遠矣，這個答案大概有六十分吧。」

這是什麼意思？玩益智問答嗎？

「現在這裡有頭羊。」

「鳥越妳怎麼突然把話扯遠了。」

「就只有牠一頭而已，然後附近有隻狼想獵捕這頭羊。」

「鳥越妳究竟怎麼了？」

「結果，知道那頭羊存在的其他狼群心想『既然鎖定牠狩獵，就代表那頭羊一定很好吃囉？』。」

這是圖畫故事書裡的奇幻情節嗎……？

「懂了吧？」

懂？懂個鬼啊，烏越到底在胡扯什麼。

都已經說到這個地步也該明白了吧——別擺出這樣的表情好嗎？

突然，教室門嘎啦一聲被拉開了。

出現在我們眼前的，是伏見。

「……小諒，第五節的世界史，必須先去借世界地圖唷？」

是喔，老師有提過這件事嗎？

嗯嗯——我模稜兩可地回答伏見，並將剛吃完的便當收起來。

沒有跟鳥越打招呼，我就直接離開物理教室，跟伏見一塊前往世界史資料室。

老師應該是事先提供了鑰匙，現在正由伏見拿在手上。

先前她惡劣的情緒看起來已多少好轉了。

「我漫畫看完囉，你借我的每一本都看了。」

「是嗎，感想如何？」

「每個角色都很可愛很有趣。」

我原本擔心男性向的愛情喜劇應該不合伏見的胃口，結果真是太好了。

「不過呢。」伏見這時嘟起嘴。

「花梨感覺跟男主角越來越遠了，這點我真是無法接受。」

在正統的男性向愛情喜劇中，這種發展並不罕見。

因為喜歡男主的女角一個又一個登場，明白男主境遇與那群女角心意的花梨，就會逐漸退讓到旁觀者的立場上。

「妳剛才不是說每個角色都很可愛嗎？」

「正因為我喜歡花梨，所以才想幫她加油打氣呀。誰曉得……」

「關於這點嘛，妳想想，花梨本人不是也表示，她覺得這麼做才是替男主角著想……退讓對自己也是件好事，記得漫畫裡是這樣說的。」

「那只是藉口而已吧。」

真想一刀把花梨給劈了——伏見的言詞犀利程度就跟那種毒舌的名嘴一樣。

來到世界史資料室的門口，伏見粗暴地將鑰匙硬塞進鑰匙孔中。

「那種自以為成熟的認輸宣言算什麼，明明還很喜歡對方不是嗎？這種悲劇的女主角，只會讓讀者看了難受而已。」

嘶嚕——我聽見伏見吸鼻子的聲音。

正在拭去眼角淚水的伏見，終於把門打開了，於是便走進去。

「那套漫畫共有多少集？」

「目前還沒連載完，差不多到第十集左右吧，我想之後還會繼續畫下去。」

我一邊回答，一邊尋找世界地圖，結果一下子就找到了。

這玩意一個人搬稍嫌太大了點。

「勉強把自己真正的心意隱藏起來，又不能表示喜歡對方，真是太難受了。」

看來她對花梨的處境相當感同身受。

「換作我……如果是我的話，我會貫徹自己的心意。」

她凝視我的雙眼，斬釘截鐵地如此說道。

「永遠都待在身邊支持對方，再加上長得還很可愛，這種乖女孩難道就不行嗎？我好恨……所謂的『青梅竹馬』，為什麼一定會輸給之後出現的女孩子……」

雖然漫畫裡並沒有正式描寫出來，但花梨應該就是這樣的設定吧。

「好啦好啦，妳冷靜一點，那只是漫畫。」

對呀——伏見以聽起來還是不太能釋懷的口氣答道。

在搬世界地圖回教室的途中，由於始終保持沉默太尷尬了，我決定隨便找個話題問她。

「妳為什麼要噴藍色火焰啊？」

「咦?那是什麼意思?」

「啊啊，沒有啦，只是看起來很像而已，實際上並沒有真的噴火。我指的是體育課前的那一幕。」

「啊……你說那個唷……」

伏見緊閉雙唇，好像思考了一會後才靦腆地望向我這邊。

「小諒呀……假如我跟其他男生聊天，你心裡會覺得不舒服嗎？」

從以前就同班到現在這件事，可不是鬧著玩的。她在班上跟其他男生交談的場面，我自小學時代就不斷目睹了。

「完全不會啊。」

我這麼說完後，伏見的眉頭跳了一下，接著又鼓起臉頰。

「……那我也不告訴你！」

什麼嘛——我如此抱怨道，表情瞬息萬變的伏見又「啊哈哈」地笑了起來。

㉓只有我知道的事

『小諒，小諒，你今天有空嗎？』

『妳跟我一起上下學應該很清楚吧，不是只有今天，我幾乎每天都很空。』

『太好了。那，放學後要不要一起去唱歌？』

『唱歌？好啊，嗯，我都可以。』

真難得啊，伏見竟然會主動要求放學後去別處閒晃。

時間來到了放學後，等我們回到距離自家最近的車站時，我終於明白是怎麼回事了。

一走出驗票口之處，就有跟我們不同制服的他校學生、男女共五人在等著。當中有女生兩人，男生三人。

「什麼嘛，原來是這麼回事……」

「怎麼了嗎？」

伏見不解地微微歪著腦袋。

果然是這樣。剛才伏見可完全沒說只有我們兩個人去啊。

聽話要聽仔細啊，高森諒。

現在才說我不去了實在是很難啟齒……

跟那五人會合的伏見，露出與中學校友打招呼的態度，一一互道著「好久不見」「最近好嗎？」云云。

不知為何氣氛好像很熱絡，這樣我更難脫身了……！

我也只能姑且學伏見，對那些人致意。

那三個男的，長相我都記得，不過以前中學時根本就不熟。

「好開心，感覺好像在開同學會喔！」

女生的其中之一這麼說道，其餘人也紛紛表示贊同。我暗地裡嘆了口氣，只好在表面上附和他們，並擠出了虛情假意的笑容。

伏見大概也是被他們死命糾纏才不得不赴約的吧。

我實在很難想像她會喜歡跟一群人唱歌。

目的地似乎是車站前不遠的店，半路上，伏見又被他們東問西問。

包括學校的事，社團的事，以及有沒有男朋友之類的。

伏見一一以假裝出來的公主笑容回應。

這一行人走路時是以三三一的陣型前進，也就是前排三個、中間三個，最後面一個。伏見位於前排中央，我則是最後那個落單的。

進入卡拉ＯＫ店，跟櫃檯說好要唱多久後，便在店員的引領下進入房間。

伏見這時終於對我開口了。而且，她的臉上有些許笑意。

「小諒，你會唱歌嗎？」

「別小看我，我跟茉菜經常去喔。」

「耶——真意外啊。」

……我一時為了好面子才說經常去，但具體而言，一年頂多去幾次而已。

「那麼伏見妳呢？」

「我嗎……還可以吧。」

還可以——這種回答方式真好用。

不過伏見回答時臉上有若干自信之色。

我們在飲料機裝好飲料，帶進房間，一進去後大家依序點歌。只聽見流行歌和大家耳熟能詳的偶像歌曲輪番登場，眾人鼓掌、搖沙槌助興，交替唱過幾首後，現場氣氛變得頗為熱鬧。

「小諒，你要唱哪首？」

我操縱著傳到手上的點歌機，伏見也一時忘了要裝模作樣，以興致勃勃的表情湊向我手邊窺看。

『葛格，我來傳授你我的必殺技。』

『卡拉OK哪有什麼必殺技啊。』

『當不知道要唱什麼時，就選動畫歌曲。如果是跟同年齡層的人在一起，選葛格也有看過的那些動畫主題曲，就鐵定沒問題了！』

『這真的是少數幾個絕對不會出錯的答案……』

『要找那種有動畫畫面的喔。這麼一來氣氛就會很嗨，大家比起聽你唱歌更會被畫面所吸引。這時甚至還會有人沒拿麥克風也跟著唱，這樣你就可以趁機把麥克風交給對方了。』

『妳是天才嗎……這也太必殺了吧。』

——哼，終於到了驗證茱菜理論的時候了。

「嗯，妳就好好期待吧。」

我故意不讓伏見看到我手邊的情況，並將選歌的資訊送出去。這時在大螢幕的角落雖然會顯示之後的歌曲待播列表，但一般人只看到曲名也不會有印象吧。

然而在我之前，是伏見的歌先上場。

雖說光看曲名我想不出來，但前奏一出現我就知道是哪首歌了。

那是大約在去年所流行，由某創作歌手演唱的抒情歌曲。

很明顯大家都入迷了，充滿生命力且抑揚有致的歌聲流入耳際，讓人感到身心舒暢。

這跟伏見平常的說話聲判若兩人。

我也靜靜地聆聽流瀉於室內的樂音及歌聲。

一曲唱畢的伏見說了句「下一個，輪到小諒了」，便將麥克風遞過來。

「……啊啊，嗯……」

「姬奈同學好強喔。」

「伏見同學，妳太扯了吧。」

在場成員興高采烈地為伏見喝采。

她演唱技巧高明到好像是專門去學過一樣，真是讓人大吃一驚。

不過——這樣我怎麼唱下去啊。

既然妳那麼強，何不早說啊！

在這種感傷的慢節奏情歌後面，竟然是動畫歌!?把氣氛完全破壞掉未免太失禮了吧。

啊……茉菜理論的登場時機，看來是生不逢時啊……

我為了確認麥克風有聲音，先試著乾咳一聲。

結果那只是杞人憂天。

當畫面一播出的瞬間，那三個男生彷彿切到了高速檔。看來比起抒發女性內心情意的慢歌，這種嗨歌更合他們的胃口。

儘管女生只發出了「啊啊這個我知道」的反應，不過光是看男生那邊，茉菜理論就能稱得上成功了。

我用普普通通、不好不壞的逗趣風格演唱，但似乎誰也沒在聽。好極了好極了。

就像這樣，大家唱了一、兩輪後，有兩個女生為了上廁所而離席。

眾人也趁這個機會暫時休息，把自己的空杯子帶去飲料機補貨。

「小諒，你唱得還不賴嘛。」

跟我一起去的伏見，臉上掛著笑容說道。

「沒有啦，很普通。」

「真抱歉，我要是事先把今天參加的成員告訴你就好了。」

「沒關係啦，反正我自己也沒先問清楚。」

一開始雖然感到很不安，但既然男生們都很嗨，那我的選曲也算是沒白費了。

姬奈同學真會唱耶——從廁所返回的女生閒聊聲，自走廊轉角的另一邊傳來。

「為什麼要把高森同學帶來嘛，這樣男女就不是三對三了。」

「不這樣的話她就不肯來啊。」

「呼嗯，不過，那種場面唱動畫歌算什麼啊。」

「嗯，該說是不會看現場氣氛嗎——」

呀哈哈，尖銳的笑聲響起。

伏見臉上的笑容倏地消失了。

這種狀態，應該可以用殺氣騰騰來形容吧。不管是表情或動作都明顯散發出那樣的訊息。

當伏見試圖往走廊另一邊踏出一步的瞬間，我揪住她的手臂。

「沒關係，別管她們了。反正也不算什麼嚴重的惡意——啊，喂，等等！」

結果伏見使勁把我的手甩開，踏著重重的腳步聲拐過走廊的轉角。

「啊，是姬奈同學——」

「唱卡拉ＯＫ的時候，選曲還有什麼法律規定嗎？」

雖然我只聽到說話聲，不過很明顯，她完全失控了。

要是她能一直保持裝模作樣的態度就好了。

「咦？妳的表情好恐怖喔，這是怎麼了？」

「男生們不都覺得很嗨很開心嗎——小諒他，並不是不懂得察覺現場氣氛，他是刻意為了維持氣氛才這麼做的。」

伏見斬釘截鐵地這麼說，那兩個女生陷入沉默了。

「……抱歉，今天我要回去了。」

她依然一臉怒意地返回我這邊。

「小諒，我們走吧。」

「時間還沒到喔。」

「沒關係，夠了。」

「真是一位任性的公主啊。」

不過感覺不管我說什麼她都不會改變主意了，於是我也放棄繼續說服。

伏見把自己跟我的分攤費用交給房內的男生們，接著就拿起書包離開卡拉ＯＫ店。

事後我想還她錢，但她卻堅持不肯收。

這種頑固的性格始終如一。

走路速度也比平常更快，真是個完全藏不住心事的傢伙。

「我剛才也說過，那些人並沒有多大的惡意，頂多就算是稍微取笑我一下罷了……」

「可是，話怎麼能那麼說。」

伏見怒火未熄。只見她似乎很不爽地把嘴角用力往下撇。

「真抱歉……我本來以為是中學校友應該能玩得很開心，沒想到卻是反效果。」

「不必在意啦。我自己唱歌跟聽妳唱的時候，都還滿開心的啊。」

「真的嗎？那就好。」

「其實妳大可不必插手管我的事，現在又不小心招惹那些人了……」

「我不在乎。小諒之前遇到有人在背後說我壞話，還不是狠狠嗆了回去。」

「我沒差啊，反正我本來就沒人緣。」

「才沒有那回事。你為什麼要這麼瞧不起自己呢？」

這種事就別問我了。

回程上，身邊的這位青梅竹馬目不轉睛地看著我。

「……小諒，你好帥唷。」

「別當著面說這種話啊。」

我以前從來沒領教過這種誇獎，還真不知該如何反應才好。

「這種事只有我知道就行了。」

呼呼呼，這回伏見又冒出了笑聲。

她的表情真是瞬息萬變啊。

「下回，就我們兩個人去吧。」

「兩個人嗎，那好啊。」

「太棒了。」

我把心情恢復愉快的伏見送回家門。

© Fly

24 這可不是什麼復古時尚

星期六上午，隨便吃過早餐後，我便著手準備出門。

天氣晴朗，不管上午下午降雨機率都是零。

是一個適合出門的好日子。

「……」

茉菜正隔著房門口的縫隙死命盯著我。

「……幹麼啊？」

「要去哪裡？」

「濱谷那附近，有點事。」

所謂濱谷，是指這附近規模最大的鬧區。那一帶建了大型購物中心，有許多能逛上一整天的景點。

我無視茉菜的視線，正在換衣服的時候，手機螢幕跳出了伏見傳來的訊息。

『我現在出門囉。』

也就是說，再過五分鐘她就會抵達我家這邊了。

「看葛格這副打扮……是約會嗎？」

「錯了，只是跟伏見出去而已。」

「那就是約會啦。」

「才不是。」

換好衣服，我確認該帶的東西都沒遺漏便離開房間。

「哼哼，葛格的造型，還滿不賴的。」

茉菜用力豎起大拇指。

這都是前些時候，在妳推薦之下所購入的服飾啊。

「果然，我的服裝品味真是棒透了。」

「別自吹自擂啦。」

茉菜一路跟著我，送我下樓，而這時門鈴也剛好響了，茉菜便順手把門打開。

「嗨——姬奈姊姊。」

「啊，是茉菜，早安。」

兩人笑容可掬地打招呼。

「……姬奈姊姊。」

「怎麼了嗎？」

對歪著腦袋一臉困惑的伏見，茉菜從頭到腳仔細打量著。

沒繼續理會茉菜的舉動，伏見發現我在後頭便揮手打招呼。

「葛格，可以聽我說一句話嗎？」

一臉陰鬱的茉菜轉頭面向我這邊。

「那個，她是姬奈姊姊吧？」

「正如妳所見，剛剛不是才打過招呼。」

「姬奈姊姊的這身外出服，不覺得糟透了嗎？」

糟透了？

女孩子的穿著打扮我可是一竅不通。

但還是感到好奇，我的視線越過茉菜對伏見瞥了一眼。

「……好像真的不太行。」

可能是哪個冷門的吉祥物？她上半身的T恤印了好大一個莫名其妙的圖案，下半身則是那種小學低年級女生才會穿的蓬蓬裙。

這是搞笑嗎……？

還是故意等我吐槽？

就連對女性時尚完全門外漢的我，也能看出這有多糟，由此可知她誇張的程度。

「葛格，這是怎麼回事？那真的是一名青春少女、而且還是任誰都會回頭的美少女所應該具備的審美能力嗎？」

「等、等一下，也許這就是所謂的復古時尚——」

「才怪哩。這不叫復古，根本就是彎道翻車了。」

「呃，其實我知道啦。但如果我不這麼說，之後就得安慰她個沒完。」

「如果這是她精心打扮的成果，那我可能要頭暈昏倒了。」

啊——好像終於想通了什麼似的，茉菜猛然瞪大眼睛。

「我懂了，她是想逗葛格爆笑。會穿這種噁心圖案的T恤，除了那個目的外沒有其他可能。」

「是、是這樣嗎？」

「葛格毫無反應又加以無視的話，那她就真的太可憐了。」

當我們在這邊竊竊私語時。

「你們怎麼了嗎？」

伏見若無其事地問道。

茉菜揚起下顎比了比，對我送出暗示，我也微微點頭回應。

「呃，其實我們在討論，伏見的衣服，品味真是不錯啊。」

「耶，真的嗎！」

只見伏見雙眼閃閃發亮，開心地在原地轉了幾圈。

「太好了——昨晚我還一直煩惱今天該穿什麼才好。」

欸嘿嘿，伏見說完臉上浮現羞赧的笑容。

「搞笑的能力真是出類拔萃！Bravo，Bravo，我簡直快笑死了。」

我模仿交響樂團演奏結束後聽眾所發出的喝采表情並用力鼓掌。

「咦……？」

「現在可以把那套衣服換回妳真正的外出服了。」

咕嚕——伏見立刻變得淚眼汪汪。

「這套衣服……是我花了很多心思……才搭配出來的……」

距離大哭大叫只剩下倒數五秒！

喂，茉菜現在該怎麼辦，她不是在搞笑啊——!?

我往旁邊看了一眼，茉菜已經兩眼昏花倒了下去。

「這、這就是……被本地公認為第一的美少女……所具備的穿搭審美……」

「茉菜啊啊啊啊啊！」

「土、土爆了……」

啊啊啊，老妹竟然說出來了！

「唔唔唔唔！」

這下子真的遭受巨大打擊的伏見，當場癱軟下去。

「人家才不是在搞笑呢——！」

我家玄關宛如地獄的場景，這下子也別想再出門了。

等茉菜甦醒過來，伏見也恢復冷靜後，我才先把她們帶去我的房間。

「就只有這件嗎？」

時尚警察著手進行偵訊了。

「這已經是最好的了，至於其他的——」

好比這件，另外就是，那件，最後還有——伏見將自己衣櫃裡她認為很時髦的衣服一一列舉出來。

她每說一個，茉菜的表情就多蒙上一層陰霾。

「這種陣容真的是沒救了……」

「請別說什麼沒救好嗎！」

「要是被我看到妳的衣櫃，我一定會放把火燒掉。」

「又不是可燃性垃圾！」

唉——茉菜深深地嘆了口氣。

「葛格終於開始約會了，我本來還在想女方是誰，沒想到就是姬奈姊姊。當初我還以為這樣就可以放心了說。」

「不，我、我才不是第一次約會。」

「別逞強了，本來就是第一次。」

……完全正確。

……茉菜怎麼會知道呢？

看起來極度失落的伏見開始娓娓道來。

「我從來沒自己買過衣服……都是用家裡現有的衣服湊合……」

「那妳中學時還有最近都是怎麼出門的？」

「我把假日的邀約都推掉了。」

「呼嗯呼嗯，所以只有穿制服出遊過，對吧。」

沒錯——伏見點點頭。

看她這副模樣，或許是不由得心生同情吧，茉菜終於站起身。

「我明白了，我的衣服借妳吧！」

「這樣好嗎……？」

「嗯！反正葛格也喜歡辣妹，這叫一石二鳥。」

伏見對我用力翻起白眼。

「不，不是啦，我並沒有特別喜歡辣妹。這項錯誤的情報到底是從哪傳開來的？」

走吧走吧——茉菜牽起伏見的手，將她帶去自己的臥室。

「呃，首先把這件土到掉渣的T恤脫掉吧。」

「別那樣說嘛……」

「姬奈姊姊好小喔，胸部。」

「反正我根本還沒發育嘛。」

彷彿小貓們在喧鬧嬉戲的聲音自房內傳來。

我認為伏見並不適合辣妹風格的打扮，不過結果究竟會如何呢。

「化妝也不能隨便省略喔。」

「我已經化了呀。」

「不行不行啦，化妝是要配合衣服的。如果不那麼做，就會缺乏整體感而顯得雜亂無章。」

「……好吧。」

要像這樣，要像那樣——茉菜一一提議，但都被伏見婉拒，可是最後茉菜依然壓倒了伏見的意見——光是聽她們的對話，就可以感受到房內愉悅的氣氛。

「好，這樣就完美了！」

「喔、喔喔喔喔喔喔喔喔喔!?」

現在怎麼樣了，到底怎麼樣了？

先是推開一點門縫窺看走廊，最後茉菜才喀噠一聲打開門。

被她藏在背後的伏見終於出來現身了。

那是一套手臂與鎖骨附近都以半透明蕾絲（？）裝飾的性感裙裝。

「怎麼樣？怎麼樣？葛格，這就是本人的時尚可愛辣妹風。」

茉菜讓伏見在原地轉了一圈。

背部有三分之一的面積裸露出來。

因為有點太性感了，害我心底小鹿亂撞。

平時伏見的長直髮，現在也變得有些波浪捲。

「小諒，你認為呢？」

「太、太強了……我覺得很可愛。」

太好了——伏見興奮地微微跳了起來，還舉起手跟茉菜擊掌。

或許是因為她的容貌素質原先就是一流的，現在這樣就變得更亮眼了。

雖說是借用茉菜的衣服所以我已經看過好幾遍了，但改成讓伏見來穿又有另一種不同的風味。

伏見曾在中學時突然嘗試起辣妹風的裝扮，當初我覺得有點難以置評，不過現在這樣簡直是太適合她了。

其實這也不是那種強烈的辣妹風，為了配合伏見本人的形象，茉菜似乎進行過細部調整。

「不過茉菜呀，這樣胸罩不會被看見嗎……？」

「沒關係，沒關係啦，稍微露一點內在美又不會怎樣。」

「不、不行啦！」

臉紅的伏見嘴裡問著「真的沒關係嗎？不會被看見？」並向茉菜確認了好幾次。

「葛格明明那麼開心。」

「……」

「當我穿這套的時候，他嘴裡雖然會叫我換掉，但其實內心在暗爽，對吧？」

「耶？」

伏見的聲音變低沉了。

還對我露出彷彿在看廚餘的眼神。

「我、我才沒暗爽咧！」

嘎哈哈——茉菜捧腹大笑。

「下次找個機會，姬奈姊姊和我一塊去血拚吧。那樣我就可以給妳更多建議了。」

「嗯，太感謝妳了，茉菜。」

正如我跟伏見的關係一樣，茉菜跟伏見也是小時候就玩在一塊的朋友，所以這兩人也算是童年玩伴吧。

「小諒，我們走吧？」

「啊啊，好。」

大概是還沒適應的緣故，總覺得站在自己身邊的那個女生不是伏見，要說是感覺很新鮮嗎，內心有股莫名的緊張感。

她裸露的肌膚一片雪白，背部稍微浮起的肩胛骨更是異常性感。

噗哇，彎下腰的時候，衣服縫隙都可以看到胸罩了不是嗎！

為了不被她發現我看到那些東西，我迅速把臉撇開。

就像這樣，我跟搖身變為時尚可愛辣妹的伏見，比預定晚了一個鐘頭才出門。

㉕ 左右兩邊的肘靠哪邊才是自己的？

為彌補去唱卡拉ＯＫ所發生的不愉快──

伏見對我這麼表示，於是我同意她週末一起出門的邀約。

其實卡拉ＯＫ事件我並沒有多麼在意，只是伏見似乎並不這麼認為。

不必介意沒關係啦──不論我說了多少遍都沒用。

就像這樣，換上茉菜提供的外出服，並畫上道地的辣妹妝後，變得時尚可愛的伏見跟我一同搭電車前往鬧區。

「那雙高跟鞋，也是茉菜的嗎？」

「嗯，我們的尺碼一樣真是太好了──」

經她這麼一提，我也發現那兩人的身高還真的差不多。

在商業大樓林立的鬧區中，我們朝目的地的購物中心前進。

「小諒的衣服，感覺也很帥氣呢。」

嗯，嗯嗯──伏見的視線從上而下打量了我的身體一遍。

這雖是茉菜策劃的裝扮，但看來也獲得伏見的青睞。

原本低調樸素的我這下子也變得體面多了。

嚕嚕嚕──伏見心情極佳地走在我身邊時，忽然對櫥窗的方向瞥了一眼。

那裡面，擺放了展示當季洋裝的假人模特兒。

「妳對那間店有興趣嗎？」

「不是……只是在想，別人看到我們，不知道會作何感想──」

「這個嘛，一塊出遊的朋友之類的吧。」

嗯唔──不太高興的伏見，只是應了句「嗯，你說對了」便加快腳步趕在前面。

「生氣了？」

「才沒有。」

完全是一副鬧彆扭的樣子嘛。

剛好我看到了一輛賣冰淇淋的餐車，便買了一支霜淇淋。

「……要吃嗎？」

「要！」

伏見的雙眼就像迸發出星星一樣，心情一瞬間便好轉了。

喜歡甜食這點還是跟以前一樣沒變。

我把小湯匙跟霜淇淋遞給她，一口、兩口接著吃的伏見，似乎很幸福地瞇起雙眼。

我們坐在附近看到的長椅上。

「來，小諒。」

她用小湯匙挖了一口分量的霜淇淋送過來。

——這不是剛才用的那根嗎？我只拿了一根湯匙而已。

「……」

間、間、間接接吻啊這個。

不過等等。

如果我現在拒絕了，感覺不就像是我害怕間接接吻嗎——？

間、間接接吻這種事，我跟茉菜之間也常發生嘛。

「喔，喔，好。」

正當我要接過湯匙時。

「不對不對。」伏見表情認真地搖搖頭。

「小諒要張開嘴。」

「咦？」

「嘴巴『啊——』地打開。要融化了，快點嘛。」

原來是比間接接吻等級更高的那個!?

「快、快點嘛……」

低聲這麼說道的伏見臉頰染上了紅暈。

既然覺得丟臉就不要做這種事啊，這下子害我都覺得不好意思了。

「在別人面前做這種——呼咕。」

湯匙硬塞進我嘴裡。

「好吃嗎？」

「嗯……」

「太好了。」

伏見的臉龐霎時綻放出燦爛無比的笑容。

由於繼續用餵的未免有點不像話，伏見接著使用小湯匙，而我則不時在旁邊直接咬一口霜淇淋。

「今天出門，有什麼目的嗎？」

「目的呀——當、當然有囉？」

「是什麼？」

「不告訴你。」

賣什麼關子嘛。

伏見坐在長椅上擺動雙腿，同時還用鼻子哼著歌。

平時很難得看到像這樣的伏見，因此我覺得既新鮮又可愛。

……不，我的意思可不是她化身為辣妹喔，而是應該這麼說吧，她露出了令我感到意外的一面。

「剛才就看小諒一直盯著人家瞧，你果然很喜歡辣妹呢。」

「那個喔，是當初為了不被別人取笑才使用的偽裝策略，我根本就不喜歡什麼辣妹啊。」

到底要說幾遍才懂啊。

伏見嫣然露出微笑。

「我知道啦。不過如果那是真的，我可就要拜茉菜為師努力學藝囉？」

我的內心一陣悸動。是因為跟在學校時截然不同嗎，還是因為打扮很陌生的伏見走在我身邊的緣故。

這個問題我實在是想不透。

等吃完霜淇淋，我們才進入那座大型商業設施。

這裡的承租廠商有名牌精品、電影院、雜貨店，與飲食店等等，來客包括家庭且有老有少，各式各樣的人都有。

伏見正死盯著館內平面圖打量。

「這裡還可以看電影。」她喃喃咕噥一句。

「如果妳有想看的片子，我們就去看吧。」

「好，那我們走吧！」

於是我們繼續深入這座宛如迷宮般的巨大商業設施。

我們到那座附設的電影院，伏見想看的是一部外國的動作片。

幸好不是什麼文藝愛情片……那一類的片子，我就從來沒有看到感動落淚過。

買好票，等開演時間一到，我們就進入放映廳。

「喂，伏見，這樣好嗎？妳竟然還幫我出電影票的錢。」

今天由於形式上是向我致歉，所以她似乎堅持要請我。

「沒關係沒關係啦。如果不讓我出錢，就不能算道歉，只是單純出來玩而已囉？」

儘管我說我本來就沒有要她道歉的意思，但她還是不肯退讓。伏見這傢伙，還真是既頑固又嚴謹啊。

好吧，既然她都這麼說了，我只好勉為其難接受她的好意。

當我把手擱在座椅的肘靠上時。

有個軟軟的玩意。

嗯？這是什麼，又軟又有彈性。

「～～～唔！」

我看了一下自己究竟抓到什麼，結果是鄰座觀眾的手。

伏見滿臉漲紅且嘴角明顯往上揚起。

眨眼的頻率也異常驚人！

她正陷入了激烈的動搖，對嗎？

「這一邊，原來不是我的肘靠啊——」

「我、我、我的，是、是在這邊！」

「是是是、是嗎！」

嚇、嚇死我了……

剛才……竟然抓住伏見的手……

「～～～」

伏見正緊閉著雙眼，感覺似乎還很害臊，她連耳朵都變紅了，甚至將手寶貝地抱在胸前。

這害我也陷入了莫名的羞澀中。

都是因為很久沒像這樣跟伏見一起出遊，我才會像這樣緊張兮兮。

放映廳變暗了，電影即將開映。

這部是非常正統的好萊塢大片，有動作場面，有愛情橋段，到最後壞人被打倒、男女主角順利結合在一塊。

要說老套雖然是很老套，但那些大場面的聲光效果還是非常引人入勝。

片尾製作人員名單結束後，觀眾們相繼起身離席。

「真精采耶。」

「嗯，來電影院真是太好了。」

「就是說呀！跟租ＤＶＤ回家看的震撼力完全不同。」

「啊，這點我也同意。尤其像這類片子還是在電影院看比較好。」

「對吧——」

我們對此似乎莫名有同感，但那也是理所當然的。

從很小的時候，我們就一起欣賞適合兒童的卡通，還被大人帶去電影院看那些動畫的劇場版，要說今天的感覺很類似當時那也是可以理解的。

放映廳終於沒人了，工作人員進入清理垃圾並著手打掃。

我們也從座位起身，離開劇院。

身邊的伏見輕觸我的手背。

我胸口猛然跳了一下，不自覺把自己的手抽回來。

——然而。

我的手動不了。

那是因為我的指尖，已經被伏見的左手輕輕握住了。

不明白她的意圖。

明明是內心在想什麼幾乎都一清二楚的青梅竹馬啊。

怎麼了嗎？——當我正想這麼問時，雙頰泛紅的伏見說。

「今、今天……就一直保持這樣，好嗎……？」

㉖ 茉菜P的建議絕對不會錯

我被輕輕揪住的右手上，感受到了伏見的體溫。

現在該說些什麼才好——？所謂的一直保持這樣，就是牽手的意思吧？

不過，如果想上廁所該怎麼辦——!?

當我的腦袋陷入一片混亂時。

「我、我去一下洗手間唷。」

伏見忽然放開我的手走向廁所的方向。

果、果不其然，想上廁所總得把手放掉吧……

背靠著牆壁，我嘆了口氣。

剛才當然想回答ＹＥＳ，不過儘管內心同意，卻因太驚訝一下子說不出話來。

突然這樣做什麼？或是，為什麼要這樣？總之，內心有千百種想法，卻都無法好好化為言語。

牽手這種事，不是情侶才能做的嗎？

明明沒有在交往卻牽手？

我望向四周，有好幾對看似情侶的男女走過。

有人是輕輕挽著手臂，也有人是直接牽手。既然是情侶，呃，本來就會那麼做。

「……」

那我跟伏見呢？一想到此，我的臉就像煮熟的蝦子。

幸好伏見去了廁所一趟讓我有機會稍微冷靜。如果繼續保持剛才那樣，我可能會因為腦袋過熱而始終保持無言。

不自覺將手伸入上衣的口袋，結果翻出一片OK繃。

「這是啥？」

我不記得自己在口袋放了這個……也沒特別預期自己會用到。難不成是茉菜偷偷塞進去的。

是要我跌倒擦破皮的時候拿來用嗎？

當我不解地歪著腦袋時，伏見從洗手間回來了。

「對不起，讓你久等了。我們走吧。」

哎呀，她的模樣比預期中正常嘛。

兩人邁步後，我望向身邊的伏見。

偷偷瞥了手邊一眼，先前的事就好像從來沒發生過。

因為剛才我什麼也沒說，所以她才打消主意的，對嗎……？

真是的，根本搞不懂。

如果是平常放學回家的路上，她心裡有什麼念頭我明明都能大致猜到啊。

等進入電梯後剛好聊到她想吃甜點的事，於是我們便瀏覽電梯內的樓層表，在美食街的那個樓層下電梯。

「小諒，你喜歡甜食嗎？」

「喜歡。」

「跟以前一樣沒變耶。」

呼呼——伏見開心地笑了，接著我們找到一間咖啡廳走進去。

那之後我們的氣氛就恢復正常了。被服務生帶去座位後，兩人隨口聊著學校跟當班級幹部的事，以及等下要去哪裡等等。

……一如往常，是我熟悉的那個伏見。

各自點了菜單上最便宜的蛋糕套餐並解決掉，過了大約一小時才離開那間咖啡廳。

「小諒，你真的不喜歡辣妹型的女生嗎？」

「同樣的問題到底要問幾遍啊。我不喜歡。」

「那麼……今天茉菜借我的這套衣服，不就不太行了。」

她突然變得有點沮喪。

啊，原來是這個意思。

「我覺得很適合妳啊，很好啊。」

「欸嘿嘿，太好了。」

只不過是直接誇獎她而已，就耗費掉我不少精神力量是怎麼回事。

那之後，我們又去逛了名牌精品店。

當我的目光被有點可愛的店員姊姊吸引住時。

「呼嗯呼嗯，原來要穿這種風格的衣服才行呀……」

她視為參考。

打從中學、高中以後我們就沒機會出來玩，而她的服裝品味也變得怪怪的，不過只要像這樣不斷吸收知識，她應該會越來越有水準才是。

「之後還得跟茉菜老師商量一下才行。」

除了廚藝好，個性認真，打扮又很時髦，我妹茉菜雖是個辣妹但條件卻相當不錯呢。

「茉菜就算有男朋友，應該也不奇怪吧。」

「小諒……你連這種事都沒感覺嗎……？」

伏見對我投來無奈的眼神。

「咦？什麼？」

「沒事。」

伏見把臉朝一旁撇開，拿起一件似乎頗中意的連身裙對著鏡子在身上比劃。

「這件很適合小姐妳唷～」

剛才引起我注意的店員小姐走向這裡，對伏見推薦道。

「耶？啊，對、對呀……謝、謝謝妳。」

她差點咬到舌頭。

「如果有興趣，要不要試穿一下？有什麼需要都可以跟我說唷。」

「謝、謝謝妳了。」

伏見一副手足無措的模樣。

我可以理解她的心情。突然被人搭話，所以嚇了一跳而已。

那位店員小姐笑容可掬，露出彷彿在守候小貓咪的溫柔目光。

「今天跟哥哥一起來呀～」

「……」

伏見翻起白眼差點要昏倒了！這種舉動簡直是把她難得的美少女之姿糟蹋到體無完膚的程度!?

「喂，伏見，該回地球囉。」

我用力搖晃伏見的肩膀她才恢復正常。

「哈啊……剛才我做了一個，被別人誤會我跟小諒是兄妹的夢……」

那才不是夢咧。

大概是腦袋負荷過重吧，所以她剛剛才會突然昏倒？

察覺到自己說錯話的店員小姐依然勉強擠出笑容。

「那請慢慢看喔～」店員發出很有特色的尖嗓門後，迅速離開我們所在的地方。

伏見將那套似乎很喜歡的連身裙拿在手上，始終站在鏡子前沒動。

我看了旁邊同樣的一套，要價剛好三千元。

……大概是因為請我看了電影，所以雖然想要但買不下手吧。

我對著衣服拍照後傳給茉菜，她立刻回傳訊息。

『好可愛──！』

「小諒，你覺得這件好嗎？」

伏見拿著衣服朝我轉過身。

除了極為特殊的那些──好比今天伏見剛來我家時穿的那種，不然絕大部分的衣服穿在她身上都很好看。

如果只憑我的意見未免有點不放心，不過既然茉菜也說好，那就不會有問題了吧。

「我覺得很棒。」

「喔喔！」

是嗎是嗎——伏見口中念念有詞，但又把衣服疊好放回原本的地方。

「妳不是想買嗎？」

「嗯——不過，今天還是算了吧。」

「那妳的尺碼是？剛才的就合身了嗎？」

「是合身沒錯……咦？你想做什麼？」

「為了紀念我們那麼久沒一塊出來玩了……我送妳當禮物吧。」

耶可是不太好吧——我不理會想要婉拒的伏見，直接將她剛才挑中的連身裙拿起來，前往櫃檯。

剛好就是先前那位店員負責結帳。

她迅速看了我一眼。

『你買給她了呀——？耶——？』感覺店員的目光好像在這麼說。

付完帳後，我將紙袋遞給伏見。

「太久沒一起出門了，這個送妳吧。」

「做為第、第一次約會的紀念……」

她訂正了我的說法。

果然，她今天出門的目的是這個——

正當我又快覺得腦袋過熱時，伏見似乎很珍惜地將紙袋緊緊抱住。

「謝謝你，小諒。」

我無法直視她的笑容，只得別過臉，低聲回了句「喔，好」。

27 在此派上用場的那項道具

我跟心情愉快的伏見一起在購物中心裡繼續閒逛。

逛著逛著，不知不覺外頭已變成了要說是夜幕低垂也不為過的時間。

「就快要六點了呢。」

「時間過得好快呀。」

雖然沒聽說過她有門禁時間，但太晚回家總是不太好。

「我們回去吧。」

我這麼說了一句，伏見臉上原本的喜色漸漸淡了下去。

「……嗯，好吧。」

「以前從來沒像這樣出來玩過，感覺好開心。」

「我、我也是！」

說起在此之前我們打發時間的方式，都是去平淡無味的公園甚至是留在自家之類的，完全停留在小學時代，而升上高中以後真正有一起出遊感覺的，這還是頭一遭。

「我最後還有個想順道一去的地方。」

當我們正要前往出口時，伏見突然這麼表示，於是我便跟著她走。

「到了晚上，這棟購物中心的美麗空中庭園好像就會點燈喔──」

她似乎想看一下那個。

我們搭電梯來到屋頂，立刻發現伏見所說的庭園。這裡栽種著配合時令的花卉與植物，甚至還有一條人工小溪流過。

「好漂亮唷。」

應該是經過充分計算的照明打在花朵草木上頭。

對啊──我這麼回應伏見，跟她一起在庭園散步。

然而小溪潺潺的流水聲當中，交雜著「啾嚕、啾」的奇怪聲響。

那是什麼聲音？

我感到愕然並搜尋怪聲的源頭，原來是一對情侶正坐在雙人長椅上瘋狂親熱，才會發出啾啾的聲響。

「唔。」

竟、竟然在這種地方!?這裡，可是戶外啊！雖然氣氛很浪漫是沒錯。

我偷偷瞥了伏見一眼，發現她整個人都僵住了。

「……」

對於從未越雷池一步的我們來說，親眼目睹情侶當場做這種事，簡直是生動刺激過頭了。

「呼呼，不要這樣，別太過分了。」

「又沒有人在看。」

這種震撼彷彿第一次在影片出租店不小心闖入成人區般。自己的世界觀被強行擴展了，我內心的感受就像這樣。

「伏、伏見，我、我們走吧……」

我拉著腦袋已經完全短路的伏見的手，走到庭園的別處。

然而——

庭園當中的所有長椅，幾乎都被情侶占據，各處都打得相當火熱。

「我們好像，來、來錯地方了吧……」

「是、是、是呀……」

只能尷尬地低頭看著腳邊，加緊腳步逃離這座庭園。

「……為什麼？這裡可是戶外……庭園明明那麼漂亮……那、那種事，也不看看場合。」

伏見幾乎快哭出來了。

這種心情，就像原本以為是貓咪影片，打開以後卻是驚悚恐怖片一樣。嗯，我可以體會。

「本來想讓今天的約會，畫上一個完美的句點的……」

「庭園本身是很漂亮啊。」

「你喜歡就好……」

剛才的勢頭簡直讓我懷疑我們會不會也跟其他情侶一樣直接開親了……

這座庭園，對現在的我們來說，還稍嫌早了點……

身為低等級冒險者的我們，只能從這座高難度的迷宮逃之夭夭。

「好痛……」

伏見突然蹲了下去。

「妳怎麼了？」

「不，我沒事。只是剛才腳好像被鞋子擦破皮了……」

我看了一下，她的腳跟有塊皮已經剝落，感覺怵目驚心。

…………

啊，原來是這麼回事啊。

「這裡有片ＯＫ繃，妳拿去用吧。」

「可以嗎？」

「當然。我猜就是為了這個時候才準備的。」

「？」

我家辣妹真是太能幹了。

我們坐在自動販賣機旁的長椅上，伏見曲起膝蓋。

等一下，我說伏見小姐，這樣妳的裙底會……

「慢、慢著，還是由我來貼吧。」

「咦!?我、我自己來就可以了啦。」

「妳自己貼有點太那個了，來吧，把腿移過來。」

「我、我今天走了一整天路耶，不不不不、不好吧！」

「現在妳這種姿勢，內褲會跑出來見人啦！」

「呼哇啊啊啊啊!?你在看哪裡呀!?」

伏見慌忙把雙腿併攏並壓住裙襬。

「我並沒有偷看，是不小心看到了。這叫不可抗力啊……」

「嗚嗚……」

伏見就像提高警戒的狗兒般發出低鳴聲，不過最後還是把ＯＫ繃還給我，並把雙腿放在我的膝蓋上。

「請、請不要聞味道唷……？」

「誰要聞啊，呆瓜！我又沒有那種特殊的癖好。」

「但為了小心起見，還是請你屏住呼吸。」

「妳是對自己的腳臭很有自信嗎？」

「真是的——你很討厭——！」

「喂，等等，不要亂動啊——」

像她這樣雙腿亂擺亂踢，內褲又要被……

我用力揪住她的腳踝，將ＯＫ繃貼在傷口上。

這麼一來就沒問題了。

「小諒真的好過分。」

伏見氣得鼓起臉頰。

「誰叫妳提出屏住呼吸這種離譜的要求啊……」

我再也忍不住了，噗哧一聲笑了出來。

「你還敢笑……」

抱歉抱歉——我道了好幾次歉，她才終於原諒我。

在走回車站的路上，伏見又鄭重地向我重新致謝。

「謝謝你，你的ＯＫ繃真是幫了大忙。」

「是啊，不過那也是茉菜拿給我的，要道謝就去向茉菜說吧。」

呼呼呼——伏見似乎覺得我很好笑。

「如果小諒故意不說那件事，就可以當作是自己的功勞展示出男孩子善體人意的一面了。你也太誠實了吧。」

「那是因為我又不需要什麼功勞。」

「我呀，一定不是像小諒以為的那樣，其實我既非乖女孩、個性也不坦率。」

「伏見雖然說『既非乖女孩、個性也不坦率』，但假使換成我的標準，想必已經算在又乖又坦率的範圍內了。」

才不會呢——伏見否認道。

搭電車返回離家最近的車站後，時間已經接近晚上八點了。

「拖到這麼晚真抱歉。」

「不，是我最後說要去其他地方逛的，所以原因都在我。」

儘管只是走在跟上下學一樣的路線上，但時間來到夜裡，四周的氣氛就變得大為不同了。

不論是伏見，還是這條街道，對我而言就好像某種平行時空。

「小諒，對不起，ＯＫ繃還有嗎？」

「又被鞋子磨破腳了嗎？抱歉，只有那一片而已。」

「是嗎？不過只剩這一點路了，應該能走完吧。」

要是當初騎自行車來車站就好了。然而對窮高中生來說，就算自行車停車費也想節省……

伏見的前進速度越來越慢，看起來走得頗為痛苦。

「……」

我環顧四周，確認附近一個人也沒有。現在已經晚上了，就算有，也認不出是我們吧。

我彎身蹲在伏見前方。

「妳爬到我背上吧。」

「咦？我、我很重還是不要吧。」

「背妳走回去比較快，而且妳的腳很痛吧。」

「……那……就麻煩你了。」

伏見環抱我的脖子，身體緊貼著我的背。

……雖然我早就預料到了，不過還真的幾乎沒有胸部的觸感啊。

倘若我提起這件事，腦袋八成會被她狠狠敲一頓，所以還是祕而不宣吧。

「不會覺得很重嗎？」

「一點也不重。」

環抱我脖子的手臂，好像突然變緊了一點。

伏見貼著我耳邊悄悄說道。

「謝謝你。」

「不客氣。」

在街燈照亮的馬路上，我背著伏見踏上歸程。

㉘就算交情再好……

◆鳥越靜香◆

星期六晚上，我正在玩手遊時有幾則訊息傳來。

叮咚——手機上跳出的訊息又多一則。

我從頭依序閱讀這三則訊息。

姬奈：

『今天進行得很順利唷！』

『雖然中途有點驚心動魄就是了（汗）。』

『多虧了鳥越同學建議我約他，這都是託妳推了我一把的福！謝謝！』

今天一整天，伏見同學對於跟高森同學的約會似乎感到非常愉快。

還特地對我傳來道謝的訊息。

真是個有禮貌又嚴謹的人。

不過現在該怎麼回應她，我一點頭緒也沒有。

高森同學他原本就是伏見同學的青梅竹馬，所以可以隨便跟她聊天不必拘謹，這點我可以理解，但換作是我就不能那樣了。

就先回句『不客氣』好了。

對方可是學校的偶像、公主，一想到此我就有點退縮的衝動，也不自覺想跟對方保持距離。

我那段略嫌冷淡的訊息，充分表現出我那種心態。

對方是個好人沒錯。

我也很清楚這點，不過。

水至清則無魚。

伏見給我的印象，跟這句話可說是再貼切不過了。

像我這種既不是班級核心人物的圖書股長樸素女生，實在難以接近她那種人物。

況且她那群跟班，不論是哪節下課都陰魂不散地跟在她後頭。

我是不太清楚高森同學對此作何感想，但圍繞著伏見同學的那群男男女女，給我的印象多半是精明現實的。

以前曾對高森同學說過的『伏見加成』，那個小圈圈老早就用這個來自抬身價，簡直是毫不遮掩，我最看不慣這種人了。

『下次，我們中午一起吃吧？』

看到訊息畫面新跳出的這排文字，我陷入沉思。

一旦伏見來了，那群跟班也會大批湧入原本安靜的物理教室吧。

「一想到……就覺得討厭啊……」

我躺在床上對著手機喃喃自語道。

其實我很清楚，她真正想一起用午餐的對象並不是我。

一旦我說ＯＫ，我就再也不能像以前那樣和高森同學在物理教室一起享用午餐了。

不過，事實又是如何呢？我對這樣的推斷，其實並沒有自信。

伏見同學看起來像表裡如一的人，搞不好真的如她表面上所說的，只是想跟我一起吃午餐罷了。

「……話雖如此……」

伏見姬奈，是班級的核心人物，更是整個學校的核心人物。

只要她一移動，就會像磁鐵吸引鐵砂般，把一些多餘的玩意大量吸過來。

伏見同學並不是壞人，不過，我希望她能對自己周遭的情勢以及自身的處境有更充分的理解。

光就她理解不足這點而論，可能就是她的不對吧。

但即便如此，我還是無法拒絕她。

對公主大人的邀請，庶民是沒有資格說不的。

所謂的學校，其實就是這種階級分明的地方。

於是我再度傳出了不帶情感的訊息。

◆伏見姬奈◆

當我終於從約會的餘韻中清醒過來時，我傳了幾則道謝的訊息，並邀請鳥越同學在午休時間一起用餐。

『好啊。』

過了一會，我收到這樣的回覆。

「太好了……」

老實說，我有點擔心她是不是在討厭我呢。

例如競爭班長人選那次，也是對方主動讓賢的。

至於她說話比較冷漠，我想那是她天生的性格。

安安靜靜支著下顎，獨自一人閱讀書籍的模樣真的很適合鳥越同學。

即便我問小諒，午休時間你們都在聊什麼，他也只會回答沒什麼大不了的，或是隨便聊聊，這種模稜兩可的答案而已。

話說回來，既然他們能在同一間物理教室度過午休，就代表彼此相處起來應該很自在吧。

會讓小諒覺得很自在的女生是什麼樣的人呢，我對此充滿了興趣，因此如果可以的話，我希望能跟對方交上朋友。

「那間教室很安靜……如果一大票人闖進去就會被破壞掉了吧……」

該怎樣才能在午休時間一個人溜出去，這點讓我傷透了腦筋。

我並不想粗魯地闖入那兩人安靜的休憩時光。

『小諒──小諒──』

我傳訊呼喚他，他馬上有了回應。

『？』

喜歡的男生對自己秒讀秒回，光是這點就令人欣喜無比。

『午休時間，我也可以去物理教室嗎？』

『不行。』

他連一秒也沒猶豫立刻答道……好難過……

不過，這也很像他的作風。

他不會先顧慮什麼察言觀色，而是直接說出自己的本意，這點讓人感到非常爽快。

不論是在我面前，其他學生面前，還是老師面前，就只有小諒這個人絕不戴假面具，他也不會偽裝成另一個人。

周遭的所有人，都很在意TPO（Time、Place、Occasion），一定要懂得看氣氛，察言觀色，設法將自己偽裝成別的模樣。

能在學校忠於自我的小諒，在我眼中就像是勇者一樣。

不論對象是誰，小諒都不會勉強自己迎合對方，這點讓我覺得和他說話時有種莫名的安全感。

只是，因為他很少說場面話，偶爾會有一種咄咄逼人的感覺……

他以前是這樣的嗎？當我們再度建立友誼後，我不禁對此感到疑惑。不過也是因為如此讓我產生了一種新鮮感，想要更加理解小諒這個人。

儘管我們是青梅竹馬，但從中學時代後到前陣子為止，我們都沒有任何接觸。

就算我認為自己很瞭解對方，但那也僅限於小學時代或更小的年紀了。

小諒他過著怎樣的中學生活，後來又變成了怎樣的高中生，我可說是一無所知。當然教室裡的他我是看得見，但那也頂多只是他整個人的兩成罷了。

要傳給鳥越同學的訊息我寫了又刪，修改好幾遍，最後因為不確定自己究竟想說什麼，而直接把通訊軟體關掉了。

……一想到對於高中生的小諒，鳥越同學的認識程度更勝過我，我就感到胸口有點刺痛。

㉙偶爾也會誤闖禁地

新一週的週一。

我拖著倦怠的身軀和伏見一起上學。

不知不覺當中，我「青梅竹馬」的寶座已經相當穩固了。

不，或許我內心也是這麼認為吧。

儘管沒有在交往，但這個老是跟伏見姬奈一起出現的傢伙就是她的青梅竹馬——這件事已是全校皆知，那些羨慕或嫉妒的視線，感覺也比以前減少許多。

今天也是尋常的一天，總之一大早先去學校隨便聽聽課，做些輕鬆的班級幹部雜務就可以混過去了。

平靜的一天又快要結束了，我內心這麼想著並迎接午休時間。

咚咚——物理教室的門被敲響了。

我與坐在遠處位子的鳥越四目相交，彼此都不解地歪著腦袋。

「打擾了——」

門被悄悄打開，伏見闖了進來。

「……妳來這裡做什麼啊？」

「來跟小諒打聲招呼呀。我已經跟鳥越同學約好一起吃午飯，所以我才來這裡的。」

伏見「咧」地吐出舌頭，並朝鳥越所在的方向走過去。

我本來擔心那群吵死人的跟班也會聞風而至，但並沒有聽到類似的動靜。

「伏見同學，其他人呢？」

「啊……哈哈，我說我要去洗手間，就把他們甩開了。」

如果不這麼做，那些人就會繼續跟來了。

「那些傢伙還真可憐啊。」

我言不由衷地諷刺道。

「那有什麼辦法。老實說，我也想自己安安靜靜地度過午休呀。」

就算沒看伏見的臉，也可以想像出她此刻氣嘟嘟的表情。

約好要一起吃午飯……這不是小學生才會做的事嗎……

我一邊享用茉菜幫我做的便當，一邊聽那兩人的對話內容。

據我所知，這兩人面對面說話這應該還是第一次吧？

就只是約好要一起吃午餐而已，伏見卻刻意聊起鳥越可能感興趣的話題。

那兩人主要在聊的，是關於小說的事。

伏見她也有在看小說嗎？我是聽她們聊天才第一次得知這件事。

大概是因為我對小說毫無興趣，伏見平常才不跟我談這個吧。

「因為那部電影很有趣，我才買了原作小說來讀，結果到了後半段的劇情展開真是讓我極度震撼。」

「嗯。那位作家老師，故事的懸疑性很強，知道該怎麼用好奇心驅使讀者又害怕又想看下去，對掌握讀者的心理很在行。」

「一、一點也不錯……電影還沒有那麼震撼，但小說我看到一半就完全放不下手，等回過神已經半夜兩點了。」

「我也差不多。」

就像這樣，聊得十分熱烈。

那些糾纏伏見的傢伙們，應該完全沒法像這樣聊小說的話題吧，所以就伏見來看，鳥越就像身邊僅有的同好。

……我也有像這樣，可以暢所欲言聊興趣的對象嗎……

…………糟糕，我腦中首先浮出了茉菜的臉。

跟我算同類也是幾乎沒朋友的鳥越都有這種暢談自己嗜好的機會了，但我卻……

不知為何，覺得很沮喪……

她們彼此推薦書單，感覺聊得非常開心。

原來如此，伏見是想聊小說的事才會跟鳥越訂下午餐之約的。

她此刻的表情不像在教室裡的那種公主面具，比較接近真正的自己。

要是她對我以外的其他人也能像這樣展露真我，就能交到更多真正的朋友了——

儘管我有這種念頭，但實際看到她這麼做，心裡還是有點寂寞。

我可不是自私自利，想要獨占毫不掩飾的伏見喔，況且我也明白，像這樣才是真正對伏見好。

便當吃完後，我因為沒事可幹就拿出手遊來玩，結果這時從走廊傳來了男女的喧鬧聲。

看看時鐘，距離下午第一堂課，也就是全天第五節課，還有剛好廿分鐘。

我立刻察覺到，走廊那幾個聲音很耳熟。

喀啦——門打開了，有三個女生跟兩個男生闖進來。

「姬奈同學，本來想說妳跑哪去了，結果竟然是躲到這裡呀——」

「在這種地方做什麼呢——？」

那個經常聚集在伏見周圍的小團體，好像是吃飽太閒才會出來找人。

伏見的表情瞬間蒙上陰霾，不過馬上又轉為在教室經常出現的那種完美、端正的笑容。

「真抱歉，我去洗手間途中突然想到一件事。」

那群人彷彿根本沒把鳥越放在眼裡，像平常一樣把伏見包圍起來。

「跟鳥越同學聊什麼呢？」

「這裡好安靜，感覺真不錯耶。」

「學餐跟教室都很吵，下次我們也來這裡吃飯吧。」

「耶，可是那樣的話——」

伏見慌了起來，鳥越則靜靜地拿起自己的東西起身離開物理教室。

彷彿大受打擊般，伏見露出了既困窘又充滿歉意的表情。

我對伏見使了個眼色，然後就站起身。好吧，善後只能交給妳處理了。

我不太確定伏見有沒有看懂我的意思，不過她的脖子微微彎了一下，應該是在點頭吧。

在安靜的物理教室中，他們的談話聲顯得格外刺耳。

我在校內四處亂晃搜尋鳥越的去向，最後終於被我找到了。

鳥越正在圖書館的櫃檯邊讀書。

我從書架上抽出一本書，擱在櫃檯上。

「……這個對吧？妳剛才推薦伏見看的。」

「高森同學。」

我試圖將臀部重心靠在櫃檯上，雙手背到後面。

「這事真難處理啊。其實剛才那些傢伙也不算什麼壞人。」

「嗯，沒錯。我真想叫他們看看現場的氣氛，不過他們在教室也像那樣。」

「就算是物理教室，也是我們擅自拿來使用的，那些人當然也可以做跟我們一樣的事。」

嗯，對啊——鳥越說道。

那群人天性如此，而我們也有我們的天性。

就好比拼圖碎片，每片拼圖本身都沒有善惡可言，唯一存在的規則，就是彼此之間是否能個性契合罷了。

「當伏見同學約我午餐一起吃飯時，我就料想到，事情最後可能會變成這樣。」

我將剛才取下的小說擱在手邊。

——借閱期限是兩個禮拜。兩個禮拜後的五月三日是假日，所以可以等放完假的五月六日再來還。

她用公事公辦的口氣對我說明著。

「如果妳不喜歡，拒絕她不就行了。」

「在這種階級社會中，敢這麼做的勇者，我想就只有高森同學了。」

「階級社會……感覺妳像是在跟什麼抗爭哩。」

伏見本來就對他人的看法十分在意，沒想到就連鳥越也這樣，讓我有點意外。

「就算妳拒絕了，伏見也不會惡言相向或說妳壞話喔。」

「嗯。伏見同學她也很清楚，我跟聚集在她四周的那群人根本合不來，所以為了逃離那些人，她才會找機會偷偷溜到物理教室。」

「那傢伙的個性就是這樣。有時候既嚴謹又頑固，此外察言觀色的能力也是一流的。因此，今天的事，就請妳原諒她吧。」

我背後的鳥越，發出了「呼呼」宛如吐氣般的笑聲。

「我沒有生氣，你不必在意。這種事本來就經常發生。」

像我們這種只想安安靜靜過日子的學生，總是會被那些愛熱鬧的人趕走。

「嗯，那個……該怎麼說，請妳不要太介意今天的事，以後有機會還是多跟伏見聊聊小說或其他的事吧。」

「高森同學，究竟算伏見同學的什麼人？」

鳥越的聲音中混雜著笑意。

「青梅竹馬。」

「就算是青梅竹馬，一般人也不會如此擔心對方。」

是嗎？我不解地歪著腦袋。

「因為感情太久太好了，繞了一圈變得像是家人的關係一樣，但我認為你不會對一個像家人一樣的女生設想如此周到。」

……不久之前，我們還只是實質失聯的青梅竹馬時，我似乎也沒那麼關心伏見。

當時，伏見非常受歡迎，又超級懂得察言觀色——因此我才擅自覺得不管遇到什麼情況，伏見應該都有能力自行處理才是。

「不過，這樣可就困擾了。」

鳥越低聲冒出這麼一句。

「比我想像中更親切，又是個可愛善良的好女孩，還能跟我聊小說……這下子我該怎麼辦啊……」

伏見這號人物的真實面目，似乎遠比鳥越當初的印象更好。

我回頭望了一眼，鳥越已經垂下視線，再度處理起圖書股長的工作了。

「……鳥越，午休時間只剩五分鐘就要結束囉？」

「我知道。」

她抱著幾本書，打算放回書架上，我也主動出手相助。

正如她所交代的，要按照作者姓名的五十音順序放回架上。

當我們背對背將書歸回原位時，一個緊繃的聲音朝我問來。

「高……高森同學，你有，喜歡的人嗎……？」

30 宣言

「嘎？」

這個唐突的質問，讓我不禁驚呼出聲。

——你有，喜歡的人嗎？

我轉過身，發現鳥越依然淡漠地處理著圖書工作，又將一本小說放回了書架上。

「……大聯盟的那個選手，就是那號傳奇性的人物，我很喜歡。」

「是指野茂嗎？」

「妳怎麼會想到那邊去。」

「……這是我該說的臺詞吧。」

鳥越這麼咕噥一句後，突然開始催我。

「如果動作不快一點，下午的課就要開始囉，班長。」

「我動作這麼慢真抱歉啊。不過，那也是因為我對圖書股長的工作不太熟悉。」

剛才主動相助的我這麼抱怨道，然後我就將手上的幾本書遞給鳥越，由她熟練地放回架上。

「這麼一來就大功告成了，謝謝。」

「哪裡，覺得自己只是在拖妳後腿而已。」

不不不——鳥越搖搖頭，輕盈的秀髮也隨之飄逸。

「不是為了結果，而是為了你的好意致謝。」

「喔，好……嗯，既然這樣……」

我語焉不詳地回答她，接著我們就離開空蕩蕩的圖書室了。

一返回教室，伏見就對我投來擔憂的眼色。

老師也來了，喊過口令後，課程正式展開，而我們也開始進行筆談。

『鳥越同學還好吧？』

『她沒事。她知道中午那樣不是任何人的錯。』

伏見雖然不缺談話的對象，但要能推心置腹、真正像是朋友的朋友可能就寥寥無幾了。

所以，我希望伏見能跟鳥越保持良好的關係。

對於分別熟悉這兩人的我來說，當初我根本沒想到她們可以像那樣輕鬆自在地聊天。這樣的奇葩組合的確是叫人相當意外。

『真抱歉，以後我不會再跑去物理教室了。』

看了她在筆記本上寫的這行文字，我稍微抬起視線端詳她的表情。

伏見正露出困窘的笑容。

如果她真的願意這麼做，不管我或鳥越都會感謝她。

畢竟那是在校內可以不必開口說話，也不必在意他人目光，能享受充分自由時光的場所。

這時我突然想到一個主意。

這兩人要加深情誼的話，時間何必限定在午休。

『放學的時候，約鳥越去哪裡逛逛吧？』

嗯——伏見點點頭。

好吧，不過也要人家答應就是了。

伏見望向黑板，但手藏在課桌底下滑著手機。

位於我們座位後方的鳥越，此刻有什麼反應我們是看不到的。

伏見好像跟鳥越傳了幾次訊，最後用手指圈出一個ＯＫ的手勢。

看來鳥越似乎也想跟伏見做朋友的樣子，這真是太好了。

時間來到放學後，伏見在寫教室日誌的同時，鳥越正在座位滑手機。

「妳在看什麼？」

「漫畫。」

妳這個數位化兒童。

「讓你們久等了——」

啪噠——伏見闔上教室日誌，抓著書包站起身，我們也配合她的動作準備離開。

「伏見同學，這樣真的好嗎？」

「嗯，不然我為什麼要約妳呢。」

「不……我的意思不是那個……」

鳥越似乎很窘迫地搔搔臉頰。

因為不明白對方的言外之意，我跟伏見對看了一眼。

離開教室後，我們將日誌送到辦公室的老師那裡，接著才走出校舍。

「小諒，你有想去的地方嗎？」

「圖書館如何？我不是說學校的，而是市立圖書館。附近很大的那間。」

以前我從學校早退時，因為母親還沒離家去上班，曾在那邊打發過時間。假如我直接回家裝病這件事就會穿幫了。

「鳥越，去那邊可以嗎？」

「嗯。」

大家取得共識了，於是便動身前往市圖。

託了在午休時間聊過天的福，鳥越對伏見的看法似乎也逐漸趨向正面。

雖說還不算是完全化解尷尬，但的確正慢慢好轉起來。

走了不到五分鐘，便抵達市立圖書館。

「好、好大啊……」

鳥越以一副不由自主的模樣發出讚嘆聲。

「幾乎像是體育館了。」

伏見的譬喻，用來形容這座圖書館的宏偉真是再貼切不過了。

館內有大量的書架，還充斥著地毯以及圖書館特有的陳舊紙張氣味。

「我們來這裡是不錯啦，不過小諒在圖書館要做什麼？」

伏見似乎認為我是那種根本不閱讀的人。畢竟我真的也不是那種愛書成痴的類型。

至於來圖書館寫作業嘛，也因為對象是我，伏見很難產生這種預期吧。

「做什麼——當然是在窗邊安安靜靜地看書啊。」

「呼呼呼。」

「喂，別笑。我可不是隨便亂說的喔。」

我悄悄從書包取出那本午休時間借的書。

「啊——那個是。」

「是鳥越推薦的，等下我要坐在窗邊看。」

「你為什麼從剛才就一直執著窗邊呀？」

伏見吐槽道，這回輪到鳥越發出「呼呼」的羞怯笑聲了。

書蟲跟書蟲之間應該有說不完的話題可聊吧。

為了避免打擾她們，我自行前往閱覽室。

在這裡，有許多看起來像是高三考生的人在用功。我不想吵到他們，便刻意保持距離，跟先前的宣言一樣坐在窗邊的位子。

目送那兩人消失在書架後方，我才打開借來的這本書。

我猜，她們不必花多久時間就會變成感情不錯的朋友吧。

◆鳥越靜香◆

「這本小說，真是太棒了。」

伏見同學選球的眼光……不對，應該說選書的眼光頗有深度。

她讀過許多我不知道的作家，以及過去我就很留意的作家的作品。

我們已讀過的書重疊部分雖然不多，但幾乎都是彼此很感興趣的作品，因此問答起來還是頗為熱烈。

「作品中的氣氛，感覺有點陰鬱，就像那種雨下個沒停的天氣。」

「伏見同學……妳應該是那種讀者吧……就是喜歡悲劇的？」

「啊……可能真有這種傾向吧。」

這個很有趣——她拍胸脯保證推薦給我的作品，經常不是結局悲慘，就是書中主角被逼入絕境。

「真叫人意外。」

我還以為她會更喜歡氣氛輕柔、充滿女性情懷，且故事如夢似幻的少女小說哩。

「會嗎？」

這種落差，反倒形成了她的魅力。

我不得不承認，我很羨慕她。

伏見同學讀書，身上知性的成分便增加了。

相反地，我讀書，增加的反而是陰沉這種負面的要素。

「……為什麼，要約我一起出來呢？我只會妨礙你們而已。」

我知道那兩人總是一塊放學回去。

「其實是小諒提議的。而且，我也希望跟妳做好朋友。」

「……是嗎。」

那個人……究竟在想什麼啊。

我伸長脖子想找出他到底跑哪去了，原來是在閱覽室那邊。正如他剛才的宣言，他就坐在窗邊並攤開那本硬皮精裝書。

此外，他還支著臉頰……在打瞌睡。

真像是他會做的事，我不禁啞然失笑。

「說什麼要讀書讀書，結果卻在睡覺。」

伏見同學察覺到這件事後也笑了起來。

「『在窗邊。』」

我們剛好說了同一句話，這下子更是只能咯咯地拚死壓低音量，相視大笑。

這跟午休時的氣氛很像。

在教室，伏見同學儘管是一位表情冷靜的公主，但只要像這樣大笑起來，我就無法討厭這個人。

正是因為如此，我才必須先問清楚、先說清楚。

等我們笑了好一陣子，中間出現微妙的空白後，我才終於下定決心。

「伏見同學，假如出現另一個喜歡高森同學的女生，妳會怎麼辦？」

「怎麼辦……怎麼突然問這個？」

大概是正在想像那種場面吧，伏見可愛的臉龐因心情複雜而蒙上陰霾。

那之後，為了掩飾尷尬所浮現的笑容，更是前所未有的僵硬。

「我覺得，我大概是……喜歡上……高森同學了。」

31 大意失荊州

等我睜開眼才發現外頭已經在滴雨了。

這種程度的雨勢，就算不打傘也能回得了家吧。

牆上的時鐘指針轉到了傍晚五點，告知我現在的時間。

桌上還攤開著之前鳥越推薦給我的小說，但我的記憶只停留在最初的兩、三頁而已。

「啊，醒了。」

桌子對面是伏見。她正單手打開文庫本，另一手撐著臉頰凝視我的雙眼。

「這裡太安靜了，所以你睡得很飽吧。」

「閱覽室禁止聊天。」

「我聲音很低所以沒關係的。」

我輕微的警告讓伏見臉色不太高興。

好吧，反正四周好像也沒有其他人。

「鳥越呢？」

「……先回去了。她似乎沒找到感興趣的小說吧。」

「呼嗯。對了，妳跟她變好朋友了嗎？」

伏見露出苦笑，目光望向出口的方向。

「我想我們的『喜好』是一致的。」

果然沒錯，所以我今天才刻意選擇來圖書館。

「有共通的話題，在一起的時候就不會冷場了。」

「不是啦……嗯，也對，如果換一個角度看的話。」

這回她好像很困窘地皺起眉頭露出苦笑。

「耶，伏見姑且先不論，鳥越也是那樣嗎？」

一旦提及自己感興趣的事物，任何人都會充滿熱情嗎？

「嗯。」

從剛才開始，伏見的笑容裡就好樣混入了其他複雜的情緒。

究竟發生了什麼事？

感覺那兩人很聊得來啊……不，正因為具備相同的興趣所以才會更堅持自己的主張，搞不好她們是因為小說的事發生爭執。

討論感想的時候，雙方的意見出現了分歧——就類似這樣。

不過，如果興趣不一樣，就連這種爭論也很難發生。

「能有可以激烈交換心得的對象真是太好了。」

大概吧——隔了一會，伏見才這麼答道。

既然烏越已經回去了，就沒有繼續待在圖書館的理由。

我們在綿綿細雨中，加快腳步趕往車站。

◆伏見姬奈◆

「再見啦。」

在玄關前我跟小諒道別，並目送他離去的背影。

抵達自家附近的車站時雨勢方歇，如今空氣中帶有些許雨乍停後特有的沙塵氣味。

小諒一個轉身面對我，彷彿在揮趕什麼般搖搖手。

他好像在說，別再看了趕快進屋裡去吧。

我很高興他還在注意我這邊，於是也朝他揮手。小諒見狀聳聳肩膀再度邁步而出，直到他的背影完全從我的視野消失。

「我覺得，我大概是……喜歡上……高森同學了。」

那之後，鳥越的這番話始終在我耳邊縈繞不斷。

當時的我無言以對，只能呆呆地站在書架間。

鳥越同學對著我的眼睛說，她喜歡我那位青梅竹馬。

我進入空無一人的自家，逕自倒在房間的床上。

「明明她可以不必這麼謹慎客氣……還把這件事告訴我呀……」

在此之前，小諒這個人身上絲毫沒有半點桃色風波。

從沒聽說有誰喜歡他，也沒聽說過小諒喜歡誰。

甚至連謠言都沒傳過。

一旦真有什麼事，那些消息敏銳又喜歡戀愛八卦的女同學一定會告訴我吧。

因此，他不會被任何人搶走這點，令我感到非常安心。

「唔嗯嗚嗚嗚……傲慢……這是身為青梅竹馬的傲慢。」

我開始反省。

不過，我也有努力傳達給他啊。我不是都說過了嗎，結果他卻完全沒發覺。

「小諒那個笨蛋。」

而且我記得，他喜歡胸部大的女生……

之前去他房間時，看到色色的ＤＶＤ封面上就是這種女生。

至於我嘛，呃，還在發育當中。

體育課的時候我稍微看了一下，鳥越同學的胸部……絕對不算大吧。

不過，比我大，這倒是確定的……！

「……可惡……」

鳥越同學如果直接表達好感，小諒不知會有何想法。

覺得對方只是每天一起度過午休時間的同班同學。

選項的其中之一。

總不會是最優先的人選吧。

「嗚……光是想像就讓我緊張兮兮。」

我冒出了不快的冷汗。

心跳聲也變得不規律，就連呼吸都很痛苦。

光是想像那種場面，胸口就充滿了不快的情緒。

今天我厚著臉皮闖進物理教室，結果發現，那個地方象徵著那兩人所共同具備的、類似世界觀的東西。

不過光是那樣，並不能完全滿足我對鳥越同學的好奇心，我還想跟她建立友誼……

「對著我直接表明她喜歡小諒，換句話說，這跟宣戰沒什麼兩樣了吧……」

鳥越同學敢這樣直來直往，我明明是想跟她當好朋友的，但對方似乎並沒有這個打算……？

所謂的宣戰公告，就是這麼回事吧。她已經把我當情敵看待了。

本來想結交朋友的對象，對我卻是另一種看法，這讓我相當震驚。

「之前那次約會，要是直接對他說喜歡他就好了……唔！」

可是，他鐵定又會誤解我的意思吧——好吧算了，反正時間還很多。

「——當初我就是這麼以為！」

時間，其實所剩無幾！我太傲慢了……！

大意失荊州——當初製造出這個詞的人，恐怕就是陷入了跟我類似的處境吧。

這句話對如今的我真是再貼切不過了。

打從幼稚園的時候起，我雖然是最接近小諒的異性，但小諒的第一選擇不都是別的女生嗎？

小學時代，我在小諒的筆記本上看到那個，心情很差，一怒之下就把它撕破了。

這是小學女生在稚嫩愛情驅使下所犯的微小過錯。

撕破的那玩意還藏在我書桌的抽屜裡。

丟掉會帶給我罪惡感。畢竟我把人家的東西擅自撕破，怎麼還能丟掉。

只要沒丟掉，用膠帶什麼的黏回去就沒事了——

記得就是出於這種心態，我才會把它鎖在抽屜裡。

我打開一個附有鎖跟鑰匙的小抽屜，裡頭有一張破爛不堪的紙片。

既然他完全不記得我們之間的約定，不就代表他根本沒把我放在心上嗎——

紙片上頭是小諒的字跡，他寫了「喜歡的人」，但後頭的名字卻不是我而是其他女生。

㉜ 開戰

造訪市圖之後的這幾天，伏見始終無精打采。

「喂，伏見，喊口令。」

「啊。」

伏見很罕見地在我的催促下才喊出上課前的口令，這跟平時的立場剛好相反。

在伏見的口令下，我跟其餘同學敷衍地向老師問候。

我原本以為她是一時恍神，但她卻不時露出嚴肅的表情，又不時變得一臉悲傷。

即便在上學途中我問她怎麼了，她也只是回我一句「不，沒什麼」。

如果真的沒什麼，那伏見的表現應該會更正常啊。

難道是身為男生的我，所無法理解的女生特有煩惱云云。

假使是那樣，她不找我，去找茉菜之類的商量恐怕會更容易一點。

「這邊這一題——好，就請伏見來解看看。」

「咦？啊，那個……」

伏見慌張地交替看著課本與黑板。

看來她根本沒在聽課。

「小、小諒……你會嗎？」

對困惑無比的伏見，我以笑容回應。

抱歉啦，伏見，我剛才也幾乎沒在聽老師說什麼。

「Good luck。」

「為什麼說英文？」

「難道妳剛才沒在聽課嗎，伏見，上課一定要專心聽講啊——」

「啊……是、是的……對不起……」

真少見啊，老實說。

她究竟發生了什麼事，是和那群跟班有關嗎？

『下次午休我們去物理教室吧！』

『等、等一下——還是別去那裡吧。』

『為什麼啊——？』

大概是類似這樣的爭執吧。

為了顧及身為物理教室原住民的我們，她態度硬起來才導致這種後果——

不不，那是很有可能的。

到了下課時間，我對依然一臉茫然的伏見說道。

「如果你們想用物理教室的話，我沒意見喔？反正我跟鳥越還是可以去找其他合適的地點。」

「小諒跟鳥越同學……」

伏見凝望我的眼眸中帶著莫名的悲戚，嘴角也微微下彎，而眉毛則扭成了八字眉。

「…………是、是這樣呀……」

什麼？感覺妳好像還有話想說。

「如果妳有什麼話想說就直說啊，我一定會聽喔？」

瞪——伏見以猜疑的視線狠狠刺向我。

「小諒，我呀，早就說過了。到目前為止，我想說的話，都已經說清楚了！不過，不過，你根本完——全——沒在聽嘛！」

啪啪——她用力敲打我。

「等等等等，喂，到底是怎麼回事啊，姬奈同學，請冷靜！」

大家都在看我們這邊。眾人以感覺很不可思議的表情望著從高貴公主臉變成氣嘟嘟的姬奈伏見。

伏見的形象快崩壞了，趕緊停止用這種鼓起臉頰的表情捶我吧。

「妳是喝醉了嗎？」

「要是這裡有酒，我真想大醉一場。」

她自暴自棄了……

伏見依然鼓脹著臉頰直接趴到課桌上。她臉也沒抬起來，繼續問我。

「喂，小諒，今天你午休時間要……？」

「跟平常一樣去物理教室。」

「……你喜歡鳥越同學嗎？」

「妳怎麼會有這種想法呢。那我這麼問吧，假使伏見只是跟某人待在同一間教室，妳就會愛上對方嗎？」

「光是那樣當然不會愛上對方……」

那就對了，我跟鳥越都清楚我們平常只是面對面吃午飯而已。倘若被伏見誤會我跟鳥越之間有情感，那也是沒辦法的事。

但那絕非事實。

先說距離吧，我跟鳥越在物理教室起碼隔了三排桌子。雖然會聊天，但那比較接近如果不說話，氣氛就有點尷尬的場合。

「小諒真遲鈍……明明敢故意不察言觀色的，為什麼偏偏遇到這種事……啊啊，好討厭……」

「妳究竟是怎樣啊……」

今天的伏見，簡直就像蛞蝓一樣一點也不乾淨俐落。

「我有糖果，要吃嗎？」

「小諒……不可以把零食帶來學校唷？」

「是水果口味的，妳喜歡哪種？」

「葡萄。」

我就知道她警告我只是表面上的說詞，其實她也很想吃。

我將藏在書包裡的一袋綜合口味水果糖取出，並放了一顆到伏見的桌上。

我自己把一粒糖扔入嘴裡，是檸檬口味的。伏見也輕輕將糖嚥下。

「好吃。」

「對吧——」

「要在下課時間全部吃完唷？」

「知道啦。」

我在嘴裡滾動著未溶化的糖粒。

「小諒，你喜歡巨乳對吧？」

「噗!?」

差點把嘴裡的糖噴出去。

「妳突然胡說八道什麼啊……」

「胸部小就不行嗎？」

「也不是不行。」

「是、是嗎？」

嗯？感覺她的語調有點變開朗了。

「不管是大還是小，只要內在吸引人就可以了。」

「也就是說，不論是誰都好的意思？」

咦？雖然那麼說也沒錯，但為何伏見對我投來冰冷的視線……？

關於這點，我覺得本來就是男生的本性啊……

上午的課程消化完畢後迎來了午休時光。

「高森同學，走吧。」

「咦？」

鳥越直接來我的座位這裡。從一年級到目前為止，她都沒這麼做過啊。

因為本來就沒有講好要一起吃飯的感覺，所以也不必刻意邀約對方。

不過既然雙方同班，目的地又是同一間物理教室，就算一同前往也不是什麼不可思議的事……對嗎？

「啊啊，嗯。」

我儘管內心不解但還是做好準備站起身，伏見則露出了彷彿被拋棄幼犬般的圓潤眼眸凝望著我。

「……」

感覺她欲言又止，最後依然不肯說出來。

鳥越則微微瞥了伏見那邊一眼。

雙方似乎四目相交了。

伏見立刻用力搖頭，並啪啪啪地使勁敲打自己的臉頰站起身。

「各位，對不起。今天我要跟小諒以及鳥越同學一起度過午休——」

她的模樣跟先前彷彿判若兩人，眼珠子裡隱含了類似鬥志的成分……至少我看起來是如此。

可能是被她的魄力所震懾吧，那群跟班並沒有打算繼續糾纏的意思。

「小諒，走吧。」

「喔，好——」

伏見抓起我的手，以強而有力的步伐拖著我前進。

鳥越則以優雅穩重的步伐跟到伏見旁邊。

「我，再也不會猶豫了。」

「哼嗯，是嗎？」

這、這兩個人是怎麼了。

之前的午休跟去市圖那次，她們不是已經變朋友了嗎——？

但瀰漫在那兩人之間的氣氛，卻不像女生好友的感覺，只有這點我是可以確定的。

……到、到底發生了什麼事……？

㉝ 交錯而過的心意

來到物理教室，坐到自己熟悉的位子後——

「小諒，今天帶了辣妹便當嗎？」

「是啊，最近都是茉菜幫我準備的。」

如果我蹺課或考試成績太差就不幫我做便當了，這位老妹還真的像我媽一樣。

雖說那些囉唆的要求，全都出自於母親大人的指示就是了。

鳥越這時朝我這邊踱步，坐到我的對面。

「……這裡有人嗎？」

「沒有，正如妳所見。」

接著鳥越無言地打開便當，伏見也以同樣的態度開始吃起午飯。

……今天這兩個人，究竟是怎麼了。

是正在舉辦「吵架日」之類的活動嗎？

「鳥越，妳今天沒坐在妳平時的位子耶。」

「嗯。」

她只說了一個字，就繼續動筷子。

「伏見也是……這樣好嗎？那些人平常都跟妳在一起。」

「因為情況緊急。」

「是、是喔……」

我這邊才情況緊急吧。

那兩人一句話也不說，使現場氣氛變得沉重難耐。

我以自己的方式努力挽回，拋出那兩人應該會感興趣的共同話題，結果一點用都沒有。

「……妳們在吵架？」

我最後導出的結論是這個。

以前有個偉人說過——感情真正好的兩人才會吵架，對吧。

「如果真是那樣就好了呀。」

伏見輕嘆了口氣後，這麼說道。

「事情並沒有這麼單純喔，高森同學。」

我猜錯了嗎？

「所以到底是什麼事嘛？可以告訴我嗎？」

我望向伏見但她毫無反應，接著我窺伺鳥越那邊的情況，只見她放下筷子。

「高森同學，放學後，我有話想對你說。」

頓時，伏見的肩膀猛然抖了一下，視線還在我跟鳥越身上反覆挪移。

「放學後？我都可以。」

「那，請你待在教室。」

「現在就可以告訴我啊。」

「是現在不方便說的話。」

「……原來如此啊。」

儘管我表現出可以理解的樣子，但現在不能說的話又是什麼？

呼──這時換成一臉無奈的鳥越以手撐著下巴，交替看向我跟伏見。

「伏見同學，是高森同學的青梅竹馬對吧？」

我還沒來得及回答，伏見就迅速點頭。

「沒錯。雖然有一段時間我們距離比較遠，但我們是青梅竹馬，從小學時感情就很好。一直、一直保持著……直到現在……」

伏見的聲音越來越小，但還是勉強回答完了。

呼嗯──鳥越用鼻子哼了一聲。

鳥越的姿態有點惹人厭，那股氣息甚至像是在挑釁伏見。

我覺得很不自然……鳥越是這樣的人嗎？

「在動漫畫或電影裡，一開始就在主角身旁的女孩，總是會被後來才出現的女生打敗，這點妳知道吧？」

「少女漫畫也經常有這樣的情節吧。一開始喜歡女主角的那個男生，雖然一時是有力的候補人選，但最後還是沒法成為女主角的真命天子。」

「嗯。如果要問為什麼的話，那就是缺少刺激的緣故吧。」

或許是被說中某些心事了吧，伏見頓時陷入沉默。

「認識時間比較長的那個女孩，大部分的事都經歷過了，現在就算做出某些舉動，也不會給對方帶來怦然心動的感覺。」

身邊的伏見垂下頭。本來不管鳥越說什麼，她都會燃起類似對抗心的熊熊火焰，但現在卻忽然變得很沮喪。

「從很久以前就認識對方，代表不必再繼續接觸對方也沒關係。相反地，一個不熟悉的異性表達好感，反而會讓人想更知道對方的一切。」

「……唔。」

伏見微微倒抽一口氣。

我完全聽不懂那兩人是在言詞交鋒什麼，但我至少可以確定鳥越是在向伏見發起進攻。

「鳥越，別說那些讓人聽不懂的話了。」

「我並沒有在跟高森同學講話。」

「就算不是對我說，也希望妳可以停止了。」

「抱歉……我想起來我還有班長的工作。」

砰——伏見從座位一個起身，逕自走出物理教室了。

目送她離開的背影，鳥越長長地吐了一口氣。

「真是的……」

鳥越因為說話時用字精簡，經常很難理解她的用意是什麼。

然而今天，她難以理解的程度又上升了。

「……放學後，請一定要留下來等我喔。」

「我知道啦。」

「班長的工作，你不去沒關係嗎？」

「……午休時間哪有什麼工作。」

就算有，頂多就是確認上課地點以及進行事前準備之類的。

不過下午第一堂課是古文，不可能在教室以外的地方上，也沒必要準備什麼資料。

「雖然是正論，但可能對她太殘忍了……」

鳥越喃喃自語著，還似乎很困擾地皺起眉。

「怦然心動真有那麼必要嗎？我並不這麼認為。」

「既然如此，你剛才就該明說啊。」

「說什麼？」

妳們不是在聊漫畫嗎？

這時我的直覺發動，靈光乍現。

「妳們是因為漫畫支持的女主角不同才吵架喔！」

「完全錯誤。」

這種事的確常發生嘛……雖然我這麼以為，但結果又猜錯了嗎？

「真是的，你究竟是怎樣？……簡直錯得離譜。」

「也不必說兩遍吧。」

為什麼鳥越有點無奈的樣子啊。

等伏見離開到別處後，鳥越又返回平時習慣的位子了。

那之後，我們只是安靜地度過這段休息時光。

今天放學，是輪到伏見書寫教室日誌，但一上完課她就早早離開教室了。

並沒有規定教室日誌一定得在教室裡寫，她大概是想去別的地方進行吧。

如果是平時，我們總是會在教室裡邊閒聊邊寫，但鳥越說她有話要對我講，伏見是因為這樣才刻意退避嗎？

我回頭一看，鳥越正在滑手機。看來她並沒有現在馬上說的打算。

有社團活動的人很快就離開教室了，至於沒有的人則在討論等下要去哪裡玩。大約十分鐘後這些交談聲都聽不見了，教室裡只剩下我跟鳥越兩人。

我把椅背轉個方向，改成朝後而坐。

「所以，妳要對我說什麼？」

我主動開口問，鳥越便將滑到一半的手機放下。

「高森同學可能沒有自覺吧，不過你的股價最近狂漲啊。」

「……妳要聊經濟喔。」

「不是經濟，是高森同學。」

我的，股價？

「妳是指『伏見加成』什麼的吧。」

「那也是一部分原因，不過主要還是你對背後說伏見壞話的松坂同學她們發脾氣的事。」

啊啊，原來是那個啊，就是伏見謝絕參加網球大賽那次。

「關於那件事，好像有許多女生給你高度的評價。」

「為什麼妳會知道這種事啊。」

「這個世上有種叫討論群組的東西。」

「我當然知道有那玩意存在！」

只是沒人邀請我加入而已。

「那件事在群組變成話題，你的好感度也陡然上升了。」

「耶，我還以為我的人緣會更差哩。我發脾氣之後，教室的氣氛簡直是糟透了。」

「此一時，彼一時也。」

女生這種生物，真是難以理解啊。

「直到四月為止，我認為跟高森同學交情最好的人應該是我。」

她這項認知並沒有錯。

我在教室裡不跟任何人交談，不過和物理教室的午餐之友，倒是經常有話可聊。

「自從明白伏見同學是你的青梅竹馬後……我心想，搞不好跟你最要好的人不是我也說不定……」

鳥越說到這，一下子卡住了，接著她又說「那個」、「所以啊……」似乎在構思該怎麼接下去。

「我很不喜歡這種感覺。」

我等待還沒發表完的鳥越繼續說下去。

「這是為什麼呢？我心想。會產生這種心情連我自己都感到很意外。」

© Fly

原本以為自己是對方交情最好的朋友，然而，事實並非如此。類似的場面，我在小學、中學時代也體驗過好幾次。感覺既寂寞，又悲傷。班上我最要好的人是對方，但在那傢伙的所有朋友當中，我卻不是排第一的。烏越的心情就像彼時的我吧。

「那並非寂寞之類，而是更超乎其上的某種情緒。因此比起做朋友的感覺，以異性眼光看待的成分更為強烈……」

唔唔——烏越低聲念念有詞後垂下雙眼。

「……我似乎很討厭，高森同學跟伏見同學表現出感情好的樣子。出現那樣一個，不論怎樣我都贏不了的女生，讓我感到非常不舒服。」

反過來說，我的想法又是如何。

升上二年級後，跟我分到同一班的烏越，如果表現出與其他男生感情良好的舉動，我會感到不快嗎？

我想，我或許會感到放心吧。至少烏越終於有其他可以交談的對象，真是可喜可賀。

「如果仔細思考我為什麼會感到不舒服，那麼答案只有一個……」

「嗯。」

「我終於，察覺了。那就是，我喜歡高森同學這件事。」

34 共度時光的意義

高森同學？

「是指我嗎？」

「沒錯。」

……至少我很確定，鳥越不是會在這種場面開玩笑的類型。

「我、我？」

「……嗯。」

思緒陷入一片混亂。

畢竟我從來沒以這種角度看待我們之間的關係。

「是、是嗎……」

「嗯。」

像、像這種時候，該說什麼才好？

我感到手足無措，根本不知道該怎麼回答對方。

「你大可不必那麼困窘啊。」

鳥越溫柔的臉龐露出苦笑。

「抱、抱歉，我完全沒料到妳想說的是這方面的。」

「當我表示放學後有話要說，你就該多少察覺到了。」

話、話是這麼說沒錯啦……經她這麼一提我也不得不同意，只是因為之前我完全沒想過這種可能，所以感覺就像被偷襲還什麼的。

「先、先等一下。」我試圖爭取一點緩衝的時間。

請隨意——鳥越這麼答道，並望著正陷入煩惱的我。

的確，仔細一看鳥越也是美少女。

由於散發著溫婉冷靜的氣息，會讓人誤以為她很樸素無趣，事實上並非如此。

關於這點，我應該是最瞭解的人才是。

假使跟她交往，就可以像在物理教室一樣，享受舒適平靜的時光吧。

即便雙方默默無言也不造成妨礙，光靠最低限度的言語就能順利溝通。

「……」

但這時，伏見的臉龐驀然浮現腦海。

為什麼現在會想到伏見呢，我也不太清楚，反正不是茉菜或其他女性。

在安靜的教室裡，響起了「喀噹」的聲音。

我不禁望向聲音的來源，有個看似女生的人影從走廊一跑而過。

那是——

「真是的……」

鳥越喃喃自語著，並指向教室外。

「快去追吧，我想剛才那是伏見同學。」

「咦？」

「快去啊！」

鳥越扯著嗓子尖叫道，害我瞬間呆住了。

此外，她迫切焦慮的叫聲還在我腦中迴盪不已。

我連忙衝出教室。

在走廊上，可以看見一個背影與搖曳的黑髮越跑越遠。

正如鳥越所提醒，我追了上去。

那傢伙的腳程仍舊跟以前一樣快，我真懷疑憑我這種運動能力真能逮到對方嗎，不過我還是全力狂奔。

「伏見！」

伏見她為什麼會待在教室外，是因為好奇才來偷聽的嗎？

「等我一下！」

就算追上了，要跟她說什麼好？

可能根本沒有任何合適的話題吧，不過現在唯有抓住這位青梅竹馬才是必要的。

「嗚……」

她的背影感覺像是在哭。

我們就像傻瓜一樣在校內四處亂跑，最後竟來到通往屋頂的階梯。

不過這裡是條死路。

通往屋頂的大門已經被學校鎖上了，就算來到這裡也上不了屋頂。

「……等我一下……妳到底想跑多遠啊，累死我……」

像這種場面，她是不可能被我輕易逮到的。

我們大概玩了十分鐘左右的捉迷藏吧。

「妳這個好學生沒來過這裡所以不知道吧，學校的屋頂是上不去的。」

在樓梯轉角，伏見背對我，只是以抽泣聲回應。

我光是要讓呼吸恢復平穩就累得半死。

「為什麼……你要追來？」

「誰叫妳要逃跑呢？偷聽別人說話……真是個優良的嗜好啊。」

「關於那點……抱歉。接到那通電話後，我很在意……所以才不自覺跑到教室……」

接到那通電話？

伏見用手背擦拭眼角。

「你打算怎麼回答她？」

「…………啊啊，妳說那個啊。」

我用力搔搔頭。

「很遺憾，我必須拒絕。」

「為什麼？」

「我也不知道。」

「那是什麼意思？」

「因為一聽到那件事，我腦中首先浮現出伏見的臉。」

為什麼會有這種反應，連我自己都覺得很不可思議。

「倘若我接受了鳥越，恐怕跟伏見又得要回到過去那種只是單純同班同學的陌生距離了。」

「那也沒什麼不好，反正我們之前也是那樣。」

「一點也不好。」

雖然我這麼說，但我也不太清楚為什麼。

只是，我沒法拋下伏見哭泣的背影不管。

「伏見待在我身邊，感覺才是最自然的。」

伏見聽了再度吸了一下鼻子，肩膀也為之顫抖。

「不是其他人，而是伏見妳。」

這時，伏見終於轉身面對我。

她的臉龐因哭泣而扭曲著，這副模樣跟學校的公主大人可說是相去甚遠。

「關於這點，我，也一樣。」

噠噠——她猛然奔來，直接從幾階以上的樓梯撲到我身上。

接著，強而有力地緊抱住我——

要是我真能接住就好了，可惜原本直挺挺站著的我順勢被往後推倒，砰咚一聲，

我的後腦狠狠撞在走廊的地板上。

「痛、痛死我了……！」

「對、對不起……一不小心就，我太高興了。」

騎在我身上的伏見，睫毛被眼淚濡溼，眼角也變得紅腫。

「妳的樣子好狼狽。」

「你以為是誰害的呀……」

叮咚——我的手機通知有訊息進來。

拿起來一看是鳥越傳的。

『我先回去了。不必回答我沒關係，我沒事。』

「鳥越？」

「小諒，其實……」

◆鳥越靜香◆

『我先回去了。不必回答我沒關係，我沒事。』

我將這條訊息傳給高森同學後，趴在課桌上。

「那兩個人真是的，總是要別人窮操心……」

完全不照自己想法行動的伏見同學，以及一旦事情發生在自己頭上就會變得異常遲鈍的高森同學，簡直是讓人無計可施。

到了放學後，我打電話給伏見同學。

然後，我就直接向高森同學告白了。

對話的過程全都隔著電話讓伏見同學聽見了。

因為對方電話始終沒切斷，最後也算是間接讓我知道自己被拒絕的事吧。

我拿著書包從座位起身，逕自離開學校。

「結果早就料到了。」

那兩人是兩情相悅、彼此思慕這件事，只要觀察過就能明白了。

不過，也必須要觀察過才行。

有許多女生看不出這點。

我喜歡高森同學，而在跟伏見同學聊過後也喜歡上她這個人。

因此，我才故意打響「高森同學快被其他女生搶走囉」的警鐘。

我發出宣戰公告，促使伏見同學產生緊迫感，也算是撮合了那兩人吧。

……高森同學的對象，還是那個完美無瑕的伏見同學好。

倘若換成其他女生，我斷然無法接受。

由於自身我行我素的性格，把那兩人耍得團團轉，這點需要好好向他們道歉。

「不過，不夠乾脆的那兩人也有不對之處。」

我本來想從高森同學那裡引發出他對伏見同學的心意，結果伏見同學卻忍不住跑到教室外偷聽，這是我沒有預料到的。

「大概是高森同學在考慮的時候，她再也忍不下去了吧。」

……關於無法忍耐這點，我自己還不是一樣。

日復一日，不停刺著我，不停刺著我。

眼見前面座位那兩人的互動，我就有種被針戳進胸口的苦楚。

既然那兩人是彼此喜歡的，乾脆給大家一個痛快好了。

高森同學最好的朋友，是我。我們最常在一塊，相處起來也很自在。我猜對方應該也有相同的看法……所以，如果有機會——

不可否認，我過去曾有這樣的念頭。

我找到一座無人的公園，獨自坐在長椅上。

「結果什麼的我早就料到了。」

我又說了一遍同樣的話。

如果有機會——當我出現這樣的念頭時，就代表在自欺欺人。

原本只是想催促伏見同學趕快行動而已，然而當初內心更焦慮的人，難道不是我嗎？

『少女漫畫也經常有這樣的情節吧。一開始喜歡女主角的那個男生，雖然一時是有力的候補人選，但最後還是沒法成為女主角的真命天子。』

真的就像這段話所說的。

從一年級開始就對高森同學知之甚詳的我，被一個突如其來冒出的強力女主角輕易奪走了「鄰座」這個寶座。

那句諷刺「青梅竹馬」的臺詞，到頭來反而深深刺傷了我。

我的鼻腔深處一陣酸麻，口中湧出熱液，視野漸漸變得不透明起來。咽喉底部不自覺顫抖著，吐出的氣息總覺得莫名軟弱無力。

「別哭啊。」腦中聽到的這聲提醒，也逐漸微弱遠去了。

「……要是我早點察覺自己喜歡他這件事就好了。」

雖然結果早就料到了，但我果然還是很難受。

35 情敵兼共同興趣之友

「到底該怎麼跟她說才好呢……」

回程上，伏見望著自己的腳尖這麼喃喃咕噥著。

我跟伏見返回教室後，鳥越已經不見了。

伏見也將事情的詳細經過告訴我。

看來，鳥越為了讓我跟伏見能明確自身的心意才安排了這齣戲。

「她說她這麼做是為了撮合我們，不過我看她根本是正經八百地喜歡小諒嘛——」

伏見鼓脹著臉頰側眼看向身邊的我。

「那樣不會矛盾嗎？如果她真的喜歡我，就不會做這種事了。」

「少女的心情，遠比小諒所想的要複雜許多。」

是這樣喔？我不解地歪著頭。

身旁的對方，是先前才彼此確認過心意的兩人。

不過到底是喜歡還是愛，依然有尚未釐清的部分。

這件事越是嚴肅地去思考它，就會覺得越發難以處理。

我將內心的困難告訴伏見，她告訴我不必在意。

「我看，我暫時別去物理教室或許比較好吧。」

「這個嘛……不……該怎麼說？我一下覺得你像以前一樣對待她可能會比較好，但又一下覺得你為了顧慮她的心情還是別去比較妥當……」

「什麼嘛，自稱少女情懷代言人，給的意見卻這麼沒用。」

「別說這種話，每個人的情況不同，當然不能一概而論嘛！」

我稍微開了她一個小玩笑，她有點生氣了。

嚴格說來我還沒有正式答覆鳥越，但她應該可以從這種氣氛看出端倪了。

好吧，在告白場面跑出去追其他女生的傢伙也實在太……

可能鳥越也感到相當無奈吧。

不過，要求我出去追伏見的也是鳥越啊……

「啊，那麼，乾脆一點吧，不要只有兩個人，以後改成三個人一起吃午飯……意下如何？」

「這、這樣好嗎……？真是的，我越來越拿不定主意了。」

不如直接問對方看看，於是我從口袋拿出手機開始輸入訊息。

「小諒，你想做什麼？」

「問鳥越該怎麼辦比較好。」

「等等，你是魔鬼嗎！竟然想做這麼沒神經的事——」

伏見快氣炸了，還啪啪啪地捶打我。

叮咚一聲，對方立刻給了回應。

『如果能像以前一樣我會很開心的。』

「……看吧。」

「……是、是嗎，那就好。」

接著鳥越又傳來一則訊息。

『之後也請你跟伏見同學好好相處。』

「看吧。」

「鳥、鳥越同學……！」

盯著我的手機螢幕，伏見幾乎要哭出來了。

「看來還是能跟她修復關係，真是太好了。」

「嗯。」

不過這件事畢竟尚未完全冷卻——看來伏見是想等個大約一週，待尷尬的氣氛散去得差不多了再說。

「等『冷卻』了，我再帶一大堆我推薦的小說給她……！」

要選哪幾本好呢——伏見彎折手指數著，似乎很開心地自言自語起來。

把伏見送回去後，我也自行返家了。

為了對在這次事件中承受艱難打擊的鳥越鄭重致謝，我撥了通電話。

「嗨。」

『什麼事？』

「似乎讓妳大費周章了，真不好意思。另外要對妳說聲謝謝。」

『哪裡。你們倆的情形看了就讓人焦急，我只是稍微推了一把而已。』

根據伏見的觀察，她似乎認定鳥越喜歡我是千真萬確的事，但如今我聽到的鳥越說話聲卻跟平時沒有兩樣。

果然，鳥越恐怕只是為了煽動我跟伏見才會耍那個花招吧。

『你們交往了吧？』

「嗯？不，關於那個……還沒有……」

『……伏見同學她在搞什麼啊。』

「咦？奇怪，你不怪我卻先責備伏見了。」

『虧我為了你們還那麼努力。看來高森同學這根超級遲鈍的大木頭真是叫人完全無法安心——』

「現在連我也一起罵了嗎？」

『你甚至連伏見同學對你表達的好感都沒察覺到嗎？』

這種事……有嗎？

蹺課去看海那次……？那天的舉動，果然是對我……？

『仔細想想心裡一定有數吧，呆頭鵝。』

「為什麼對我的批判越來越強烈了啊，鳥越同學。」

『有什麼關係，我做這種事也應該被原諒。』

被誰原諒？

「伏見是個很嚴謹認真的人，我們小時候做過的約定她也會一一遵守……我在想她只是把那些約定拖到現在實行而已……」

『你根本不懂，要向別人傳達好意需要多麼大的勇氣。別再說什麼小時候的約定云云了，伏見同學的情意絕對不是那麼淡薄的玩意。』

是這樣嗎？

我始終認為，全校第一的美少女伏見是不可能看上我這種人的，就算她做出了什麼親密的舉動，也只是要遵守約定而已，我一直懷疑那根本不是出於她的本心。

然而，根據鳥越的說法，伏見的熱情程度並不只有那樣。

『假使，伏見同學提到這只是要遵守約定之類，那也一定是場面話。她的本心或本能部分毫無疑問地非常喜歡你。』

非、非常喜歡我……

被她這樣一說，我不禁害臊起來。

伏、伏見，妳這傢伙果真是這樣──

「葛格，你在偷笑什麼啊？」

「唔喔哇啊!?」

我嚇得跳了起來，忍不住倒退幾步背還撞到門板。

茉菜則露出感覺很不可思議的目光。

對喔，我還待在玄關這裡。

「沒、沒事啦。」

「呼嗯？」

隔著聽筒，傳來了『呼呼，啊哈哈』的鳥越笑聲。

她聽到我跟茉菜的對話，似乎可以大致明白這裡發生了什麼事。

我立刻抓起書包，衝回自己的房間。

對自顧自笑個沒完的鳥越，我確認了以後午休的安排，才將電話掛斷。

伏見所說的『冷卻』之日，在又隔了一週的午休時間終於到來了。

我們這對班長雙人組，前往還待在座位上的鳥越那邊。

「鳥越同學，我們去物理教室吧。」

「咦？啊，嗯。」

一瞬間，鳥越似乎很意外地雙眼圓睜，不過看到伏見以及在後面咧嘴笑著的我，她便微微露出苦笑。

「……謝謝你們的邀約。」

聽了這番話，伏見也「嘻嘿嘿」地笑了起來。

她的手上抓著紙袋。早上上學我問過了，那裡面似乎裝了伏見精挑細選的廿冊小說。

『比認真更認真的精選集』——今早上學途中，伏見還特別強調自己認真嚴謹的一面。

她打算把這自信滿滿的書單送給鳥越當禮物。

「那是怎麼回事？」鳥越詢問紙袋的舉動成了引子，無法忍耐到物理教室才說的伏見，就像是決了堤一樣滔滔不絕解釋起來。

「由伏見姬奈精心打造……！嚴選的廿本書……！」

「真好耶，廿本，這種書單可是很吃個人品味的。」

「喔喔喔喔喔喔沒錯！」

興致高昂的伏見，露出了「鳥越同學真是行家」的表情，語調亢奮地繼續介紹下去，鳥越則安靜地邊聽邊點頭，擺出「我懂，嗯，我明白」的神色。

「伏見同學，那本，我已經有了。」

「撞、撞書了！——妳的品味真棒！」

「彼此彼此。」

當伏見推薦的作品鳥越已經讀過，或是根本就有藏書時，她們就會像這樣互相誇獎對方。

就好比靜與動，陰與陽，這兩人可能會變成默契絕佳的組合吧。

只不過我也明白，接下來好一陣子，當三人在一塊時，我一定是那個完全插不上話的人。

也罷，只要那兩人都開心，那我就沒意見了。

她們露出了在教室難得一見的表情熱烈交談著。

「……果然，我的選擇沒有錯。」

這句悄悄的自言自語，還是被我隱約聽見了。

這一瞬間，鳥越的笑容真是叫人印象深刻。

㊱推薦的小說

「高森同學他，偶爾也會看書嗎？」

當小諒不知是去廁所還是去哪裡人不在座位上時，鳥越同學對我這麼問道。

「看書……他有興趣嗎……」

我幾乎沒看過他閱讀的樣子，所以無法想像。

「為什麼問這個？」

「高森同學他，遲鈍的程度太離譜了。」

「一點也不錯。」

「所以，我認為讓他透過小說理解少女情懷或許是個不錯的方式。」

「啊——這個主意好像不錯！」

有沒有哪部，是以青梅竹馬為題材的小說呀？

唔唔——當我正在思索時，鳥越同學已經舉出一個書名了。

「那部作品，對單相思的女生有很詳細的心理描寫，我覺得應該很有參考價值。」

「耶——那不是……」

我對鳥越同學送去狐疑的目光。

「怎麼了？」

然而鳥越同學選那部作品似乎沒有其他用意，因此對我的反應，她只是覺得很不可思議地歪著腦袋。

「那本書，是講一個高中男生主角跟樸素的女同學交往，並讓對方懷孕的故事吧。」

類別算是純文學。對青澀年齡以及各種不同形式的愛有很卓越的描繪，我也聽說是部很優秀的作品。

不過。

描寫的尺度太寬了，尤其是……床戲的部分。

「……」

鳥越同學倏地將視線別開。

所以她是明知故犯囉？

難道她是想透過小說給小諒灌輸某種思想——!?

「是這樣喔？」

竟然裝傻!?

咳咳——我發出一聲乾咳。

「我雖然也很贊成讓小諒理解什麼是少女情懷，不過這種試圖改造他人深層心理的迂迴手段就未免有點……」

「妳在指什麼啊？」

看來她打算裝傻到底了……！

「況且，我根本很難想像小諒看小說的樣子。」

「搞不好他會從此愛上閱讀也說不定。我把能引發興趣的好書當禮物送他吧。」

「等等，別把那種色情小說送給小諒讀好嗎！」

「呼哼，伏見同學認為那部作品是色情小說嗎？」

我知道……我當然知道它不是。只要把那些露骨的煽情描寫拿掉，它幾乎可以被列入名作的範圍了。

伏見同學根本什麼都不懂——鳥越露出那種愛好者獨有的自詡超然，以及高高在上的目光和態度。

其實引起我注意的，除了激情的描寫外，還有主人公跟班上那位樸素女生只不過上床一次，就有了愛的結晶的故事發展。

「太像了……太像了……！」

「伏見同學，妳並不是高森同學的母親吧。所以，不論我推薦他什麼書不是都沒關係嗎？」

「話是這麼說沒錯……」

鳥越同學她，肯定會挑選跟自己和小諒關係有所交集的作品吧。

讓小諒理解少女情懷也算是遵循原始的目的，所以我實在很難反駁她。

「好吧，就算推薦給他我想他也不會看的。」

我這麼表示並對這場議論豎起白旗。

幾天後的早晨。

在上學途中，出現了這樣的對話。

「啊啊，妳說那本喔。鳥越說很有趣並推薦給我，我就向她借了。」

「這樣呀。」

小說的確是有趣，所以我很難表達否定的意見。

小諒自書包取出只有一百五十頁左右的薄薄文庫本，啪啦啪啦翻動書頁。

「看完了嗎？」

「大致上看完了。」

是嗎……

「不過，難懂的漢字跟艱澀的譬喻太多了，幾乎都看不懂。」

「耶——！對嘛，對嘛！」

「……妳怎麼一副很高興的樣子？」

「不不，我沒有呀。我想小諒看這本還有點太早了！」

妳那是什麼意思嘛——小諒露出不滿之色。下次還是換我送一本，青梅竹馬既專情又超可愛的漫畫給他當禮物吧。

靜

SHINO：喂喂，小靜。

SHINO：妳之前說的戀愛八卦後來怎麼樣了??

SHINO：就是感覺沒啥希望只能當朋友那個啊

靜：那之後，一切情況都很良好。
男生還是跟以前一樣，
但我跟女生那邊變好朋友了

SHINO：太好了。是我認識的人嗎？

靜：可能。那兩人，跟 SHINO 是唸同一所中學。

SHINO：騙人，到底是誰是誰？

靜：伏見姬奈同學。

SHINO：原來是公主啊

靜：果然她不論去哪裡都被別人叫公主

SHINO

跟公主當情敵未免太倒楣了

也不能那樣說啦，
伏見同學這個人，我也滿喜歡的。
所以我想把對方交給她應該可以接受吧。

靜

SHINO

小靜真是太成熟了 w

會嗎？ w

靜

SHINO

那麼，男生是誰？

SHINO

這點很重要

SHINO

只要告訴我名字，就算中學時不同班
我也多少有印象才是！

SHINO

大美女小靜看上的男人究竟是——

妳太嗨了吧 w

靜

我也不是什麼大美女。

靜

男生是一個叫高森諒的人。

靜

靜：妳認識嗎？

SHINO：是喔，原來是那個高諒喔——

靜：妳認識他？

SHINO：所以高森諒跟伏見姬奈在交往了？

靜：據他們本人說，是沒有交往，
不過就客觀角度看，他們完全在一起了。

靜：至少我是這麼覺得啦

SHINO：我就知道會那樣。

SHINO：早知道我當初也去唸蓮見高中就好了

靜：現在還說這個做什麼。

靜：所以高森同學的綽號是高諒喔。

SHINO：對呀。

SHINO：其實，也只有我這麼叫他而已

靜：這個綽號取得不錯，妳以前跟他很熟嗎？

靜：我說那個高諒。

SHINO：很熟啊😅

靜：原來如此。

SHINO：嗯，畢竟，我跟他交往過嘛。

後記

初次見面，我是謙之字。

繼《穿越時空回到高二的我，對當時喜歡的老師告白的結果》後，我的第二部作品是一齣愛情喜劇。本作同樣有幸由GA文庫出版。

雖然與上回新作上市相隔了將近一年，但每次出書我內心依然難掩興奮激動，甚至有時還會胡思亂想導致失眠的狀態。

上一部作品是超級甜～蜜的愛情喜劇，愛情成分超過九成以上口味可算是重甜了，但本作就是比較接近戀愛小說的愛情喜劇。雖然同樣是愛情喜劇調味的手法卻有些許改變，如果您對另一本很好奇的話，務必也請試試《穿越時空回到高二》。

謙之字除了愛情喜劇，也會寫異世界奇幻作品。

・「擁有冷門技能『缺乏存在感』的公會職員，其實是傳說中的暗殺者。」

・「外掛藥師的慢活」等。

想讀讀同一位作者的異世界小說！如果您產生了這樣的念頭，上述無論哪本都非常有趣，還請您務必參考一下，兩部都在好評發售中喔！

本作的上市，同樣受到諸多同仁的鼎力相助。

由於都是託了他們的福，我的著作才能像這樣問世，除了感謝外還是感謝。

剩下的就只能祈求大吉大利書大賣了。讀者諸君自不用說，包括製作相關、銷售相關的工作人員在內，要是本書能讓大家變得更幸福愉快那就再好不過了。

首先要對讀完本書的讀者朋友，致上最深的謝意。

下一集也敬請期待。

國家圖書館出版品預行編目(CIP)資料

救了遇到痴漢的S級美少女才發現是鄰座的青梅竹馬 / 謙之字作；許昆暉譯. -- 1版. --
臺北市：城邦文化事業股份有限公司尖端出版：英屬蓋曼群島商家庭傳媒股份有限公司城邦分公司發行, 2021.03-
冊； 公分
譯自：痴漢されそうになっているS級美少女を助けたら隣の席の幼馴染だった
ISBN 978-957-10-9399-4（第1冊：平裝）

861.57　　10000917

浮文字

救了遇到痴漢的S級美少女才發現是鄰座的青梅竹馬

（原名：痴漢されそうになっているS級美少女を助けたら隣の席の幼馴染だった）

著　　者／謙之字
榮譽發行人／黃鎮隆
協　　理／洪琇菁
執行編輯／曾鈺淳
企劃宣傳／楊玉如、洪國瑋、施語宸
譯　　者／許昆暉
執 行 長／陳君平
國際版權／黃令歡、梁名儀
美術編輯／方品舒
內文排版／謝青秀

出　　版／城邦文化事業股份有限公司 尖端出版
台北市中山區民生東路二段一四一號十樓
電話：（〇二）二五〇〇—七六〇〇
傳真：（〇二）二五〇〇—二六八三
E-mail：7novels@mail2.spp.com.tw

發　　行／英屬蓋曼群島商家庭傳媒股份有限公司城邦分公司 尖端出版
台北市中山區民生東路二段一四一號十樓
電話：（〇二）二五〇〇—七六〇〇（代表號）
傳真：（〇二）二五〇〇—一九七九

中彰投以北經銷／楨彥有限公司（含宜花東）
電話：（〇二）八九一九—三三六九
傳真：（〇二）八九一四—五五二四

雲嘉經銷／智豐圖書有限公司 嘉義公司
電話：（〇五）二三三—三八五二
傳真：（〇五）二三三—三八六三
客服專線：〇八〇〇—〇二八—〇二八

南部經銷／智豐圖書有限公司 高雄公司
電話：（〇七）三七三—〇〇七九
傳真：（〇七）三七三—〇〇八七

香港經銷／一代匯集
香港九龍旺角塘尾道六十四號龍駒企業大廈十樓B&D室
電話：（八五二）二七八三—八一〇二
傳真：（八五二）二七八二—一五二九

新馬經銷／城邦（馬新）出版集團Cite（M）Sdn. Bhd.
E-mail：cite@cite.com.my

法律顧問／王子文律師　元禾法律事務所
台北市羅斯福路三段三十七號十五樓

二〇二一年三月一版一刷
二〇二二年三月一版三刷

■中文版■

郵購注意事項：
1.填妥劃撥單資料：帳號：50003021戶名：英屬蓋曼群島商家庭傳媒(股)公司城邦分公司。2.通信欄內註明訂購書名與冊數。3.劃撥金額低於500元，請加附掛號郵資50元。如劃撥日起 10～14日，仍未收到書時，請洽劃撥組。劃撥專線TEL：(03)312-4212 ・ FAX：(03)322-4621。E-mail：marketing@spp.com.tw